LE COLPORTEUR D'ÉTOILES

DU MÊME AUTEUR

La Kermesse du diable, Presses de la Cité, 1994, prix Bernanos 1994, prix Gabrielle-d'Estrées 1994, prix de la Renaissance française, spécial « roman historique » 1994 (sous le nom de A. Sanerot-Degroote)

Le Cœur en Flandre, Presses de la Cité, 1996, prix Mme Europe 1996 (A. Sanerot-Degroote)

L'Oubliée de Salperwick (Presses de la Cité, 1998 ; Pocket, 2001), Grand Prix de la Société des arts et lettres de Lille 1998 (A. Sanerot-Degroote)

Les Filles du Houtland, Presses de la Cité, 2000, Pocket, 2002

Le Moulin de la Dérobade, Presses de la Cité, 2001, Pocket, 2003

Les Silences du maître drapier, Presses de la Cité, 2002

Annie Degroote

LE COLPORTEUR D'ÉTOILES

Production Jeannine Balland
Romans Terres de France

PRESSES DE LA CITÉ

ISBN 2-258-06159-8

A Jojo, mon colporteur d'étoiles
à Mamie, Maman-tendresse,

et à ces petites étoiles, nos enfants,
qui nous ouvrent un univers de rires,
d'espoirs, de questions et de facéties.

Prélude

La Veillée

Il se passe tant de choses autour du feu...

La lueur magique des flammes suspend le cours du temps, invite à l'amour, aux voyages, à la métamorphose, au don d'ubiquité. Elle aide le monde à se parer de rêves, de personnages fantasmagoriques.

A la lueur du matin, on peut tout effacer. Il ne s'est presque rien passé... semble-t-il.

« La journée, on court, on fuit. La nuit permet de flâner dans les songes et de plonger en son âme », dit l'ancêtre.

L'enfant regarda attentivement les yeux délavés du vieillard. Il y croisa un grand savoir, s'installa à ses côtés, écouta.

Autour de l'âtre, les êtres se désarmèrent, s'apaisèrent, une torpeur surnaturelle les enveloppa, l'imaginaire s'envola.

Des liens alors se tissèrent imperceptiblement avec l'univers.

LE COLPORTEUR D'ÉTOILES

A cette époque, les villes étaient des bourgs, les maisons étaient en bois, les manoirs en brique rose, les toits en escalier. Il n'y avait ni confort, ni merveille de la technologie. Les rues étaient boueuses, et lorsqu'ils n'étaient pas tués en plein air, les animaux partageaient le pavé avec les hommes vêtus de chausses et de sarraux bleus. On n'y entendait pas le ronflement des moteurs, mais le bruit strident des métiers à tisser, le martèlement de l'enclume, et les cris des petits vendeurs ambulants.

Il était l'un de ces premiers voyageurs de commerce, l'un des premiers à diffuser les connaissances dans nos campagnes, l'un des premiers à dépasser les frontières puisque les frontières étaient à la porte de la paroisse.

On l'appelait « Tis'je », parce qu'il s'appelait Jean-Baptiste, et que de nombreux colporteurs portèrent ce surnom, comme l'un de nos héros des Flandres qui vécut un siècle plus tard et que l'on dénomma « Tis'je Tas'je », parce qu'il vendait des tasses de café. Ce dernier fut d'ailleurs « géantifié », glorifié. Aujourd'hui encore, on le célèbre dignement à chaque carnaval et fête populaire.

Celui dont je parle ici est inconnu...

Et pourtant...

En ces temps anciens, ce Tis'je-là parcourait les campagnes dès le début du printemps, sautant de pierre en pierre sur les chemins boueux, armé de son éternel bâton.

Son arrivée était un événement dans les chaumières. Il proposait dans sa balle de cuir un choix d'objets alliant l'utile à l'insolite, des livres, des recettes, et autres trésors suscitant le rêve et le besoin. Petits et grands lui ouvraient la porte, trop heureux de s'offrir une gazette vivante, de dénicher des nouveautés, voire des brochures « interdites » par la censure, et d'entendre les derniers faits divers de la ville.

Il s'attirait la sympathie, autant que monsieur le curé, peut-être davantage, parce que le curé, on le craignait, avec ses sermons qui promettaient l'enfer pour la moindre broutille. Mais, comme lui, Tis'je parlait le langage du cœur. Il chantonnait avec entrain, le sourire aux lèvres, et loquace, il avait toujours quelques bons mots pour sa clientèle.

C'était un charmeur, et un conteur.

On le disait « savant », parce qu'il ne signait pas que d'une croix, parce qu'il comprenait les gens de la ville, et qu'il augmentait son savoir en discutant avec les marchands descendus des coches d'eau.

On le disait un peu sorcier, parce qu'il extirpait de son étal des remèdes miracle, et qu'il lisait le temps dans les arbres et dans le vent. Astrologue, parce qu'il entrevoyait l'influence des astres sur les humeurs.

On le disait surtout poète, parce qu'il évoquait les mystères de la lune, des étoiles, et des paysages qu'il rencontrait, parce qu'il recopiait des chansons entendues et des couplets satiriques.

Cet humble du petit négoce était un sage, car il percevait avec une rare acuité à quel point notre existence est éphémère. Il était de passage partout, et lorsqu'il revenait dans un lieu, il prenait conscience de l'immuabilité de la nature, et de la fugacité des hommes.

Il n'était pas un grand de ce monde, et ne possédait rien, du moins aucune de ces richesses matérielles – sources de conflits –, et il ne connaissait ni la convoitise, ni la cupidité, ces représentants du diable. Il n'était fasciné ni par Lucifer, roi de l'orgueil, ni par Mammon, prince de la cupidité.

Ni mendiant, ni vaurien, il avait son passeport en poche. Pauvre mais curieux, sa richesse venait de ses voyages, et de la tolérance acquise à force de se cogner à des gens différents : baladins, pèlerins, marchands, compagnons, et même fuyards. Il était originaire d'un petit village du Blootland, cette Flandre proche de la mer. En plein hiver, il restait dans la maisonnette aux murs de torchis qu'il partageait avec la famille de sa sœur, car les chaussées étaient impraticables et les canaux gelés. La boue argileuse – la clyte – transformait la plaine en un vaste bourbier.

Pendant la saison froide, isolé du monde, emprisonné dans les glaces, le village se muait en glissoire pour les enfants, et l'on patinait sur les étangs. Il y passait Noël en famille et repartait en ville pour le carnaval.

Dans son village existait aussi une enfant peu ordinaire.

En ville, on les enfermait ; ici, elle vivait simplement. L'étrangeté venait de son visage et de son comportement. Elle n'était point laide, car elle souriait souvent, surtout à Tis'je. Mais sa peau trop pâle, ses yeux trop écartés et trop injectés de sang l'isolaient des autres. Elle parlait peu, et, lorsqu'elle prenait peur, son corps devenait comme un pantin désarticulé.

C'était une « simple d'esprit », et chacun s'était habitué à elle. Après tout, chaque village avait le sien.

Certains l'accusaient bien d'avoir ce fameux caillou dans la tête et arguaient qu'on devrait la délivrer de sa folie en lui ouvrant le cerveau. Et, lorsqu'ils s'aventuraient à se moquer d'elle, à la dénigrer, affirmant que son visage était la marque de sa dépravation morale – telles étaient les croyances en ces siècles obscurs –, Tis'je se mettait en colère. Comment croire que cette enfant innocente ait pu pactiser avec le diable ?

Tis'je était devenu son ami.

Il était seul, lui aussi, en dépit des milliers de gens qu'il côtoyait sur les chemins. Il l'appelait tantôt sa « petite fleur », parce qu'il la sentait fragile comme les tulipes du jardin, tantôt sa « petite colombe » car elle semblait planer au-dessus du monde terrestre. Il lui montrait les merveilles de la nature. Pour elle, il inventait des histoires. Pas de sorcellerie. Celles-là, il ne les aimait guère. Elle l'appelait son « colporteur d'étoiles ».

La famille de la petite, elle aussi, était simple.

Lorsqu'ils se furent aperçus de la singularité de leur fille, ils accomplirent un pèlerinage, implorèrent les saints pour conjurer le sortilège et chasser les démons, guettèrent la guérison de l'enfant, mais change-t-on l'œuvre de Dieu ou du diable ? Les dévotions n'agirent point.

Les campagnes étaient riches, le village prospère. Les habitants, eux, n'étaient pas riches, mais ils étaient heureux. Jusqu'au moment où tout se détraqua : épidémies, intempéries, mauvaises récoltes, invasion de troupes étrangères. Un châtiment venait du Ciel. Défigurés par la peur, leurs esprits échauffés, ils ne savaient qui accuser. La délation devint un devoir. Les regards se tournèrent vers cette enfant différente.

A cette époque, la femme, fille d'Eve et non encore de Marie, était responsable des calamités terrestres. Elle était encore « la porte du diable ».

La mère n'avait-elle pas copulé avec Satan ? La petite était fille, et simplette. C'était trop. Ne disait-on pas dans les campagnes qu'elle était l'œuvre du démon, au même titre que les estropiés, les folles, les monstres de foire ? De là à l'accuser de sorcellerie...

Alors, ce fameux jour où des hommes entrèrent dans la maison, cela n'étonna personne. On crut à l'Inquisition, mais d'autres prédateurs l'avaient devancée. Il n'était pas question de religion, mais de commerce.

Le résultat fut identique. Proie de ces vilains qui cherchaient des innocents pour les transporter de foire en foire, et gagner de l'argent en les exhibant, la petite disparut.

Chacun s'en trouva soulagé. La famille avait tant besoin d'argent. Un dixième enfant venait de naître.

Après tout, « la petite » était perdue pour ce bas monde. Comme pour le commun des mortels, son destin se trouvait dans l'au-delà, dans ces sphères célestes où, selon les dires : « On mangera du riz au lit avec des cuillers en argent. »

Elle était devenue dangereuse pour les siens. Ils le savaient, depuis que la Jacqmine avait été brûlée. C'était encore l'époque de ces tortures atroces, appelées gentiment « la question », époque des flammes purificatrices envers les hérétiques et les sorciers. Toute la famille de Jacqmine avait été jetée hors de la paroisse, sans un sou, sans un toit. Les parents ne pouvaient se le permettre. Le père n'arrivait plus à nourrir ses petits.

En plein hiver, elle disparut donc entre les mains de ces étranges rois mages.

A la Saint-Nicolas, on raconta aux enfants sages que le père Fouettard l'avait emmenée sur son âne. A Noël, sa famille mangea à sa faim, mais la mère pleura.

Cette même nuit, Tis'je marcha, solitaire, sur les chemins environnant son village. Ses pas craquaient dans la neige. Il ne participa pas à la fête religieuse. En entendant les cantiques monter triomphalement de la petite église dans le ciel chargé d'étoiles, il serra le poing. Une larme glissa de ses paupières. C'était beau, trop beau sans elle. Appuyé contre le mur de brique, il pleurait, lorsque soudain une porte s'ouvrit.

La mère de la petite sortit précipitamment, afin de décharger son estomac. Il songea qu'un sentiment de honte et de détresse en était la cause.

Il la fit asseoir sur un banc de pierre.

— Ce n'est rien...

— C'est à cause de... ?

— Non, encore un autre enfant qui vient, trop vite !

— Mais... la petite ?

Elle le regarda dans les yeux, prit peur, voulut s'enfuir. Il la retint.

— Je vous en prie !

— Vers la ville, c'est tout ce que je sais... Mais elle sera bien nourrie, et nous aussi...

Soudain, elle éclata en sanglots.

— Oh, Tis'je, je regrette tant ! Tis'je, j'ai peur qu'ils ne lui fassent du mal.

— Je vous la ramènerai, pour le prochain Noël.

Sa hotte sur le dos, il reprit sa marche de solitaire. Il parcourut dès lors toute la contrée, cherchant et recherchant encore, non seulement pour le compte de la mère, mais pour elle, parce qu'elle avait le droit de vivre, et pour lui, parce qu'il s'était attaché à elle. Parce qu'elle était l'enfant qu'il n'avait pas.

Il partit plus loin, dépassa les marécages, décida de traverser les forêts, de grimper les collines, de quitter le Blootland pour le Houtland, et le Houtland pour ailleurs. Il emprunta les canaux sur des embarcations sommaires. Si loin, qu'il ne put être de retour pour ce prochain Noël. Il se glissa partout, en dépit des invasions. Il se cacha, la respiration bloquée, derrière les bosquets lors du passage des troupes du roi Louis, ces troupes qui prenaient leurs quartiers d'hiver dans quelque bourg infortuné. Tis'je n'avait aucune envie d'être enrôlé de force. Il échappa aux sergents recruteurs, car ils n'osaient pas patauger dans la boue collante, avec le risque de tomber dans les eaux troubles et stagnantes des marais.

Il rechercha l'innocente dans la laideur du monde. Il pénétra dans des tavernes sordides, croisa des mines patibulaires, n'hésita pas à hanter des lieux macabres pour la retrouver. Des lieux où l'homme a succombé à la tentation du diable, et où, aveugle à la lumière divine, muet, sourd à la parole du Seigneur, pris par la frénésie de perdre son âme, il commet ces innommables péchés, dont les enfants, parfois, sont les victimes. Il fréquenta les débauchés, les ribaudes, les vauriens de bordel. Il descendit dans ces enfers terrestres où règnent Asmodée, le prince de la luxure, et Belzébuth, le démon de la haine.

Il s'insinua dans les cours des miracles, « sympathisa » avec les damnés de Dieu. Il usa de son commerce et de ses talents pour interroger, épier, prendre en chasse. Il fit appel à toutes ses connaissances, et aux connaissances de ses connaissances, jusqu'au jour où il entendit enfin parler d'une enfant « sauvage » dont l'âge et l'aspect correspondaient à la petite.

Il se dirigea vers cette grande cité, y resta quelque

temps, et allait en repartir, l'âme en peine, lorsqu'un incident se produisit.

Des cris et des rires annonçaient un spectacle de rue.

Une meute de petits et grands, plus ou moins âgés, tous aussi avides de sensations, et désœuvrés, précéda un long chariot bancal, surmonté d'une cage recouverte d'une étoffe grossière. Dès que le convoi s'immobilisa, une voix puissante annonça sa trouvaille : un « enfant sauvage » sorti tout droit des marécages, et dont c'était la première entrée parmi les hommes. Pour voir « la chose », il fallait être prêt à se libérer d'une bonne pièce sonnante et trébuchante Ils furent nombreux à se bousculer, à s'agglutiner devant la roulotte à mystère.

— Il y en aura pour tout le monde, chacun son tour !

Le défilé commença, Tis'je dans la file, attendait impatiemment.

A chaque pièce encaissée, l'homme ouvrait puis refermait vivement le rideau de toile derrière lequel des barreaux emprisonnaient le « monstre ». Il fallait faire vite, un simple coup d'œil.

Tis'je n'était pas fier d'être de ces curieux. Un jour, il avait entendu un hurlement de terreur s'élever d'un spectacle similaire.

Une mère venait de reconnaître dans un petit être défiguré et mutilé son propre enfant, disparu quelques années auparavant. La suite fut affreuse. La mère s'accrochait désespérément aux barreaux, criant le prénom de l'enfant hagard, tandis que le propriétaire de la chose essayait de l'empêcher de nuire à sa représentation, à sa réputation. La lutte avait d'abord amusé le peuple, puis, très vite, comme d'habitude, la rixe avait dégénéré, quelques bonnes âmes prenant enfin le parti de la mère. Les soldats avaient bouclé la rue et usé de leurs armes, arguments convaincants pour éparpiller la foule, tandis que le montreur d'enfant sauvage s'enfuyait, traînant derrière lui la malheureuse, suspendue aux barreaux. Un peu plus loin, les soldats la récupérèrent dans un triste état.

L'enfant n'avait pas bougé. Il n'avait esquissé aucun geste envers sa mère. Certains conclurent qu'elle s'était trompée, et que les soldats avaient raison d'emmener avec eux une pauvre femme dont le cerveau dérangé troublait l'ordre public. D'autres, pourtant, comme lui, en eurent le cœur serré. Ils devinaient bien que l'enfant était incapable de la reconnaître. Mais aucun, lui non plus, ne s'opposa aux forces de la loi. Ils en avaient si peur.

La tête baissée par la honte, dans la file, Tis'je blâmait sa lâcheté d'antan et priait le Ciel que cet être, aujourd'hui, quel qu'il soit, ne fût pas mutilé.

Lorsque son tour arriva, il eut à peine le temps d'apercevoir l'enfant nue qui se tortillait et poussait des petits cris de terreur. Il l'aurait reconnue entre mille. En cet instant, il comprit que la mère de l'enfant mutilé n'avait pu se tromper.

Comme la malheureuse autrefois, il tenta de s'interposer. Il cria à l'homme qu'il connaissait l'enfant, qu'elle n'était pas sauvage, qu'il allait l'emmener avec lui. Il l'accusa d'être un voleur d'enfants. L'homme répliqua durement et prit l'assemblée à partie. Il avait acheté sa chose. Il était honnête. Le tumulte alerta les sergents.

Tis'je se débattit, protesta de son innocence, essaya, en vain, de se justifier, de prouver, d'appeler à la justice. Comme la malheureuse autrefois, il fut malmené et jeté hors de la cité. Lorsqu'on le relâcha aux abords de la campagne, n'ayant rien à lui reprocher sinon d'avoir contribué à troubler la quiétude des citadins, le chariot, lui, avait disparu de son côté.

Mais Tis'je était un obstiné, et un révolté. Il ne tarda pas à le retrouver.

Allongée sur la paille de la charrette, la petite ne bougeait pas. Tel un petit oiseau tombé du nid, seul un léger tremblement de son corps indiquait qu'elle était vivante et apeurée. Recroquevillée dans cette prison ambulante, les yeux ouverts, elle regardait droit devant elle.

Quand elle le vit, de grosses larmes affluèrent sous ses cils. Un gémissement pitoyable, à émouvoir le pire individu endurci par le mal, sortit de sa gorge. Il lui ôta les lanières qui la maintenaient, il la prit dans ses bras, et s'enfuit avec elle.

Il revint peu avant Noël. Mais la mère n'avait pas survécu à sa dernière « délivrance », délivrée peut-être uniquement de la folie que procure le trop-plein de chagrin.

Alors, il emmena la petite, loin, très loin de son village.

Ensemble, main dans la main, ils parcoururent les sentiers de Flandre et d'ailleurs. Ils découvrirent les pays et les gens, se contentant de peu, et vivant au jour le jour, dans le présent et la nature.

Il lui apprit à repérer les étoiles, et les signes du Ciel, dans le vol des oiseaux, dans le souffle du vent, dans la petite musique du cœur.

On ne sut jamais ce qu'ils devinrent.

Aujourd'hui, dans ce village, il paraît que, certains soirs de Noël, on aperçoit la longue silhouette d'un colporteur, tenant par la main une enfant, avant que tous deux ne s'élèvent dans le ciel, et disparaissent, là-haut, très haut, près des étoiles...

LE POLONAIS

« Ecoute le silence, dit l'ancêtre,
l'amour y passe, les secrets aussi.
Il invite à la tolérance, il emmène partout.
Ecoute, seul un bruit de violon s'accorderait
à cet instant... »

Au milieu des nénuphars est un monde étrange et presque ignoré, un monde au paysage d'une beauté austère et envoûtante, un monde de roseaux, d'herbes folles et de viviers profonds, ce sont les marais de Saint-Omer. Un lacis de canaux et d'étangs entoure des terres cultivées et de vastes prairies marécageuses. Au crépuscule, tandis que les humains se réfugient dans la chaleur de leur foyer, on ne perçoit plus que le murmure du peuple de l'eau. Les silhouettes fantomatiques des arbres se profilent et, tel un sortilège, les petites maisons de maraîchers émergent de la brume.

Le marais s'endort à son tour dans le silence de ses secrets.

Jadis, on entendait alors s'élever la petite musique d'un violon, celui du vieil homme du marais. Dans sa petite barque, il songeait à sa jeunesse et attendait l'aube. Son rêve évanoui, il repartait, comme chaque matin, en quête d'un travail à effectuer.

L'histoire avait commencé pendant la guerre. Il avait

trente ans et un prénom : Hans. Il était allemand et occupait le nord de la France. Non loin des marais se tenait la ville de Saint-Omer, aux allures de bourgade flamande, avec ses ruelles anciennes et ses hôtels particuliers.

C'est là qu'il fit sa connaissance : Céline avait vingt ans, elle était belle, elle était française.

Au premier échange de regards, ils tressaillirent et comprirent qu'ils étaient perdus. Un lien indestructible venait de se tisser entre eux. Le bonheur leur était interdit, ainsi va la folie des hommes.

Une nuit, ils s'aimèrent en secret, sans un mot. Bouleversés par la brûlure de leurs corps, par leurs mains avides de s'explorer, de marquer leur empreinte et de se retenir, ils s'abandonnèrent sans peur à leur passion. Leurs cœurs palpitaient à l'unisson, loin des machines de guerre, loin de l'agitation et de la mort.

Ne comptaient que cette bourrasque déferlante, ce désir ivre de s'unir en cette nuit étoilée, merveilleuse et unique : la nuit précédant le départ des troupes ennemies.

Au petit matin, le régiment plia bagage et la ville reprit espoir. Céline, elle, fut tourmentée de honte et de désespoir.

Hans n'était pas reparti avec les siens. Il s'était terré dans les marais. On ne retrouva pas le déserteur, et l'on n'avait plus le temps de s'attarder. Le régiment s'en alla. Il resta, pour elle. Ils se revirent, mais elle était assaillie de peur et de douleur.

Elle se maria très vite, avec un homme âgé, et elle

eut, très vite aussi, un fils, Paul. Elle habita la grande maison de brique bordant les marais et, sans le vouloir, elle se rapprocha de lui.

Hans savait que l'enfant était le sien. Il attendait un appel, des mots d'amour. Mais ils ne venaient pas. Alors, il jouait de son violon, pour elle et pour leur fils. Les maraîchers s'étaient aperçus de la présence discrète de l'étranger. Sans doute un Polonais, conclurent-ils ; ils étaient nombreux dans le nord de la France. On l'appela donc « le Polonais », sans chercher à lui donner un autre nom.

Et le temps passa. La santé de Céline s'amenuisait. Malade d'amour, elle ne se sentait pas la force de revoir Hans.

Elle le devinait pourtant tout près d'elle, silencieux et aimant. Elle mourut, emportée par le tourbillon de sa passion interdite, au cours d'une nuit étoilée qui lui rappelait ses uniques instants de bonheur.

A proximité de la grande maison, assis dans sa barque, Hans joua pour elle.

A son chevet, le médecin était perplexe. Sa patiente ne répondait à aucune des pathologies connues. Mais la femme ne reste-t-elle pas un mystère ? Il conclut à une fièvre des marais et ne put la sauver. On ne savait de quoi d'ailleurs...

Dès lors, à chaque crépuscule, Hans prenait son violon, pour Céline. Les gestes de leur amour affluaient en son esprit. Une forme blanche glissait sur l'onde et venait se blottir contre lui. Une caresse lui frôlait la joue, et le visage de sa belle émergeait des ténèbres de la nuit...

Il resta dans les marais, non loin de son fils.

L'hiver, homme à tout faire, il aidait les ouvriers ou le régisseur du domaine. Ce dernier l'exploitait allègrement. C'était un bras supplémentaire qui coûtait peu. Après tout, il ne demandait rien, et c'était tant pis pour lui. Son silence exaspérait le régisseur qui cumulait les humiliations. Les ouvriers se moquaient facilement de ce Polonais, si simple, qui parlait peu et acceptait tout. On ne comprenait pas sa docilité. Son calme apparent était-il le reflet d'un tempérament d'esclave ou l'effet d'une volonté délibérée de camoufler une vérité ? Lui se taisait par crainte de se trahir, et acceptait tout, par peur d'être renvoyé.

Trop heureux de trouver, à près de soixante ans, une jeune épouse, le mari de Céline n'avait posé aucune question lorsqu'elle lui avait annoncé sa position fâcheuse. Un enfant ? Il s'en accommoderait.

Mais il se doutait bien que l'armée d'occupation y avait sa responsabilité.

A la mort de sa femme, il ne put supporter ce fils qui n'était pas le sien et qu'il soupçonnait être la cause de ses malheurs. Il l'envoya en pension à l'abbaye Saint-Bertin à Saint-Omer. Le petit Paul ne revenait qu'en fin de semaine.

Ne se sentant pas aimé, l'enfant voulut fuir sur les canaux. Il n'avait pas appris à nager. Il faillit se noyer. Le Polonais le sauva de justesse, et n'eut aucun remerciement de la part du mari de Céline, mais il n'était pas en droit d'en attendre.

Ce dernier était devenu vieux, agressif et injuste avec Paul. Un jour de colère, le regard empli de haine, il lui lança en pleine figure qu'il n'était pas son véritable père. Il hurla, pâle et démentiel, que le sien était un de ces Allemands, ennemis de notre pays, et que sa mère était morte de honte.

L'enfant resta figé, sans un mot, devant l'horloge qui oscillait imperturbablement. Un silence de mort prit possession de la demeure.

L'épouvante passée, le dégoût envahit Paul, dégoût de lui-même et de cet homme qui venait de le rejeter. Une sourde révolte monta en lui. Etreint de souffrance, à son tour il devint dur et silencieux, et se réfugia dans le travail avec un acharnement désespéré.

Lorsque le père s'éteignit, face au masque blanc de la mort, Paul ne versa pas une larme. Pourtant, il resta dans la grande maison de brique au bord des marais, et, comme il était beau garçon, une jeune épouse redonna vie à ces murs et un semblant de paix à son âme.

A l'abri du monde et de ses tempêtes, Hans menait une vie simple, faite de travail et de solitude. Les maraîchers avaient accepté ce Polonais qui jouait si bien de son violon. En infatigables travailleurs, ils ne se mêlaient pas de la vie des autres. A présent, comme eux, il appartenait au marais. Ils respectaient son silence.

Paul était devenu un homme mûr et le Polonais vieillissait. Mais il ne se passait pas une journée sans qu'il ne s'inquiète de l'état de santé de son fils, et il le faisait toujours discrètement.

Paul savait que le vieil homme l'avait sauvé, jadis, de

la mort, mais il ne pouvait aller vers lui. Un sentiment étrange de gêne et de colère l'en empêchait. Il ne comprenait pas l'indicible angoisse qui le tiraillait en sa présence. Aucun mot n'avait été échangé entre eux. Le silence. C'était ainsi, et sans doute, cela devait-il durer ainsi, jusqu'à leur mort...

Le vieil homme n'accomplissait plus que quelques menus travaux de jardinage. Souvent, il allait vers la petite crypte cachée au plus profond du marais, il y déposait un bouquet de fleurs pour sa belle et se mettait alors à jouer de son violon. Quand la douleur se réveillait, une larme coulait sur sa joue flétrie, une larme qu'il ne se permettait qu'en secret.

Paul eut une fille, Pauline. A son tour, à dix ans, elle sillonna les canaux et les eaux miroitantes. Le marais convenait à sa nature sauvage et passionnée. Elle aimait avancer au rythme lent de sa longue perche, maniant avec dextérité son escute, la barque à fond plat, au milieu d'un enchevêtrement de roseaux, de canaux bordés de saules. Elle parcourait les parterres embaumés et fleuris des maisons de maraîchers. Elle écoutait les bruits ténus des petits êtres invisibles.

Contrairement à son père, elle devint l'amie du Polonais et mit en lui toute sa confiance d'enfant.

Souvent, ils filaient en barque sans prononcer un mot. Parfois, il sortait de son mutisme pour lui enseigner les mille petites choses de la nature. Ensemble, ils surprenaient les poussins d'eau, les cygnes noirs et le héron cendré. Ils guettaient les remontées des oiseaux migrateurs. Ils imprégnaient leur esprit de toutes les sensations de ces lieux sauvages. Ils croisaient les grandes barques de marchandises, les bacôves, chargées parfois de vaches ou de chevaux.

Entre le vieil homme et l'enfant s'était créée une grande complicité ; cette complicité de grands-parents à enfants qui manquait à la petite fille. Elle savait simplement que la belle Céline était morte très jeune, d'un mal étrange et dont on ne parlait guère dans la famille.

Pauline avait adopté le Polonais, à tel point que son père en fut jaloux.

— Tu n'as pas à le suivre tout le temps et à te promener sans arrêt dans les marais.

Il voulut lui interdire de le revoir. Mais c'était peine perdue. Elle avait son franc-parler, ne cachait rien de ses promenades et de la gentillesse du vieil homme. Il eût été inutile de l'enfermer et de l'empêcher de le rencontrer.

La maman de Pauline éprouvait une sorte de pitié, faite de tolérance et proche de la compassion, pour ce Polonais qui vivait si modestement en France, habitait une masure en torchis, en plein cœur des étangs ; elle trouvait que son regard bleuté était aussi clair et doux que celui de sa fille. Elle la défendait auprès de son mari.

A la fin de l'hiver, Paul tomba malade. Une pneumonie, selon le verdict du médecin. Pauline prévint aussitôt son vieil ami. Elle avait deviné qu'un ineffable lien unissait les deux hommes.

Cette fois-ci, Hans ne se contenta pas de rester à

proximité de la demeure bourgeoise. Il accosta au petit quai, mit pied à terre et vint aux nouvelles.

Etonnée, la maman de Pauline lui apprit la gravité de l'état de son mari.

— La fièvre le dévore. Il faut attendre.

— Non ! s'écria-t-il. Il ne faut pas attendre !

Il courut dans les marais. Il connaissait toutes les herbes peuplant ce monde mystérieux. Il revint les bras chargés de plantes médicinales, sous les yeux ébahis de la petite fille.

— Mais le docteur a donné ce qu'il faut... protesta la maman.

— Ce n'est pas assez, dit-il avec son accent.

Son attitude était étrange. Les gens ne comprenaient pas sa grande sollicitude. Lui, jadis, si silencieux, si discret, si humble. Acceptant tout sans un mot, comme un chien. Soudain, il se transformait. Il prenait les devants, mû par une volonté inébranlable de guérir son enfant. Il ordonnait au médecin, il apaisait l'épouse désemparée.

Une nuit, il coucha devant la porte. Au petit matin, le régisseur le renvoya brutalement. Alors le Polonais perdit toute contenance. Il se mit à trembler, ses yeux se mouillèrent, il chancela.

Dans son trouble, des mots d'allemand se mêlaient au français, et ces mots-là, le régisseur les connaissait. Jadis, il avait été prisonnier en Allemagne. Il le traîna de force jusqu'à sa barque, le mit dedans, lui interdit de remettre les pieds au domaine et le suivit des yeux jusqu'à ce qu'il disparaisse dans les marais.

Ensuite, il cria, à qui voulait l'entendre, que le

Polonais était allemand et qu'il avait bien trompé son monde. Il fallait se réunir, délibérer sur son cas, et le dénoncer aux autorités.

Mais le temps avait passé et lui-même n'était plus sûr du tout que cela serve à quelque chose. Enfin, de toute façon, c'était un étranger en situation irrégulière. On ne pouvait continuer à lui fournir du travail et du pain.

Influencés, certains ouvriers furent virulents à son égard, mais d'autres le plaignirent.

A peine guéri, Paul eut vent de l'histoire et astreignit le régisseur à se taire. Il prit aussitôt le chemin du marais, en dépit des protestations de son épouse.

— Tu ne dois pas sortir, et encore moins dans ces zones insalubres ! C'est imprudent !

En barque, il se dirigea vers la misérable masure au toit de chaume, cachée derrière un rideau d'arbres.

Il frappa. Elle était fermée.

Il reprit son embarcation, avança lentement, fouillant du regard les buissons et les étendues sombres des étangs. Il arriva dans la clairière. La lumière blafarde de l'astre lunaire perçait au travers de la brume.

Il le dénicha enfin, près de la petite crypte. La silhouette du vieil homme semblait curieusement figée. Paul monta dans sa barque. Extrêmement affaibli, les yeux fermés, il était recroquevillé dans un coin. Comme statufié.

Hans leva les paupières. Ils demeurèrent un instant

muets, l'un en face de l'autre, puis il rompit le silence et prononça simplement :

— Ne prends pas froid.

Il s'écroula dans les bras de son fils.

— Non, ne meurs pas !...

Le vieil homme tressaillit. Son visage se détendit. Il serra la main de Paul dans la sienne, et murmura, d'une voix empreinte de douceur :

— Je suis heureux.

Il esquissa un ultime sourire.

Lorsque Pauline arriva à son tour, elle découvrit son père en pleurs. Des larmes jaillissaient en un flot ininterrompu. Hans reposait en paix dans les bras de ce fils pour lequel il était resté toute sa vie dans les marais, loin de la vie et de ses foules bigarrées, loin des hommes de pouvoir et de leur folie.

Un sanglot dans la gorge, Paul lui raconta son histoire. Il avait enfin compris que cet homme était son père, le véritable grand-père de Pauline.

— Toi, tu as su l'aimer, sans te préoccuper de son origine, de son passé. Tu as senti tout de suite quel homme il était.

Aujourd'hui, Pauline a vingt-deux ans. Elle est chercheur à l'institut Pasteur de Lille. Je travaille avec elle. Je suis son amie. Elle m'a raconté l'histoire du « Polonais » et de la tendre et fragile Céline.

Un jour, elle insista pour m'emmener dans son marais : « Au crépuscule, à l'heure où les oiseaux s'endorment, l'heure où le silence prend place sur toutes choses. »

Je n'osais la contrarier. Il me semblait pourtant que ce marais devait être plus attirant en pleine lumière, mais Pauline était une originale.

Son caractère particulier m'avait séduite, et lorsqu'elle me conta les sortilèges de son pays d'eau, je la suivis. Je ne connaissais pas cette partie du nord de la France.

Je fus immédiatement conquise par le charme sauvage émanant de ces lieux. Une brume estompait le contour des terres, recouvrait d'un voile le paysage. Au plaisir se mêlait une légère appréhension – celle de voir s'étendre les ténèbres sur l'inconnu – mais l'enchantement agissait.

Nous circulions à deux sur une barque qu'elle maniait avec une aisance insoupçonnée. Son visage rayonnait de bonheur. L'angélus nous parvenait faiblement. Les bruissements s'estompèrent. Nous pénétrâmes plus profondément dans les marais. Les ombres évanescentes de la nuit s'élevaient déjà autour de nous. Pauline me dit de tendre l'oreille.

— Ecoute, il est là...

Je n'entendais que le susurrement de l'herbe. Le silence se fit, comme par magie. Eh bien, me croirez-vous, soudain je l'entendis. Un son émergea de la nuit, d'abord étouffé, puis d'une clarté incroyable. C'était le violon du vieil homme.

— Il joue pour Céline, chuchota-t-elle, leurs cœurs sont à l'unisson, je le sens... Ecoute, il est là..

L'ENFANT DES BLEUETS

Un enfant
ça vous décroche un rêve
ça le porte à ses lèvres
et ça part en chantant...

J. Brel

Il était âgé de six ans lorsqu'on le plaça à l'hôpital Comtesse rebaptisé : « Hospice des vieux hommes et Bleuets réunis ».

A la Révolution, les malades, transférés à Saint-Sauveur, avaient été remplacés par des orphelins et des vieillards nécessiteux.

Il ne savait plus très bien comment il y était arrivé. Un oncle, peut-être, l'y avait conduit. Un oncle disparu, lui aussi.

Son univers était dans ces bâtiments anciens, situés au cœur de Lille. Ils conservaient une réelle prestance, quoiqu'ils se fussent dégradés au fil du temps. C'était un espace clos, protégé, réglementé.

Les « vieux hommes » étaient honorables. Ils y entraient, munis d'un certificat de bonnes vie et mœurs. Aucun n'était ivrogne, et les querelles étaient rares. Mais ils étaient indigents, parfois malades ou infirmes, d'un âge plus que respectable, et cette promiscuité ne rendait pas l'enfant très heureux. Il rêvait d'une famille, une vraie. Il aurait pu se choisir un grand-père, l'hospice n'en manquait pas. Une kyrielle

Presque trop. Il s'intéressait aux récits des plus valides, écoutait parfois un conseil.

Mais tout cela ne valait pas un baiser.

Il rêvait d'une mère ou d'une grand-mère. De préférence une grand-mère, car chez les Bleuets vivaient quelques mères, ou plutôt des sœurs, celles de la Charité de Saint-Vincent-de-Paul. Seules présences féminines dans cet univers masculin, elles ressemblaient à Marie, la mère de Jésus, aussi douces, un peu moins belles. Et comme Marie, on ne pouvait guère les toucher, ni les embrasser.

Et puis une mère, il en avait une, même si elle était morte, même s'il ne l'avait pas connue. Et il y avait ce prénom si doux : Adeline. Un prénom de maman.

Tandis qu'une grand-mère...

Le dimanche, les enfants se promenaient en rang, sous la responsabilité du petit maître des Bleuets. Les plus chanceux étaient autorisés à sortir en compagnie de parents ou d'amis. Lui n'en avait point.

Leur bel uniforme bleu – à l'origine de leur appellation de « Bleuets » – était le témoin de leur respectabilité. Il permettait de ne pas les confondre avec les petits pouilleux, aux cheveux hirsutes et aux visages émaciés par une mauvaise alimentation, qui se bagarraient dans les rues. Se bagarrer, il eût adoré ça. Il transgressait aisément les consignes en attardant ses regards aux devantures des boutiques. Point de convoitise ni de gourmandise chez les Bleuets.

Et, ce qu'il préférait, puisqu'il fallait marcher le plus souvent les yeux baissés, c'était le bruissement léger et cristallin des robes de bourgeoises qui accompagnait leur déplacement dans les rues. C'était si différent de celui des sœurs de Saint-Vincent. C'était comme un murmure qui lui était destiné. Il s'imaginait alors les visages de ces femmes, toutes des grand-mères potentielles. On fait ce que l'on peut lorsqu'on est orphelin.

Sa vie était tracée, sans surprise, sans fantaisie, sans espoir. Jusqu'à ce jour où le hasard le fit passer à proximité du parloir, au moment précis où la prieure conversait avec une inconnue.

Il perçut l'un de ces frémissements féminins qui le troublaient, tandis qu'un léger parfum imprégnait l'atmosphère.

Personne ici n'odorait de la sorte. Les effluves lui semblèrent si caressants qu'il tourna la tête vers la porte de la grande salle aux murs couverts de carreaux de faïence bleue. Elle était entrouverte.

Un rayon de soleil perçait au travers des hautes fenêtres. Il éclairait une visiteuse. L'enfant croisa un regard si bouleversant qu'il n'eut plus qu'une idée en tête : faire de ce visage aux cheveux blonds, si lisse encore, celui de sa grand-mère.

Cette femme était un ange.

Sans doute l'une de ces dames bienfaitrices, l'une de ces bourgeoises faisant des dons aux Bleuets, gardant parfois l'anonymat.

Il fut ébloui. La Vierge Marie en personne. Non, mieux que cela, elle était vivante.

Peu après, il se confia à son seul et meilleur ami.

— Elle sera ma grand-mère.

— Tu rêves ! Ce n'est pas une grand-mère pour toi ! De toute façon, les grand-mères, c'est pas une affaire, ça meurt vite.

— Elle est encore belle et jeune.

— Alors tu rêves encore plus ! Des bourgeoises comme celle-là n'adoptent pas d'enfants, tu n'es pas de leur sang. Et puis elles ont déjà leurs enfants.

Il s'était éloigné en riant.

Quelque temps plus tard, en promenade du dimanche, en rang par deux, et levant toujours les yeux en dépit des interdictions, il croisa fortuitement ce regard qu'il n'avait pas oublié. Ce visage, ce sourire. Une vision fugace, presque irréelle.

Ce jour-là, étourdi de vertige, sans avoir pu ralentir sa marche et sans se retourner de crainte que le charme ne s'évapore, tremblant de bonheur, il devina qu'elle l'observait.

Si elle ne l'adoptait pas, lui le ferait.

Une grand-mère encore jeune et belle. Cela valait mieux. Elle ne mourrait pas trop vite, car elle était riche, et les riches vivaient plus longtemps, cela, tout le monde le savait. Elle se faisait soigner par son médecin, elle ne craignait pas les fièvres et les épidémies des pauvres entassés dans les courettes ou les caves.

Il décida donc de l'adopter.

L'enfant des Bleuets grandit et entra en apprentissage.

Il obtint enfin l'autorisation de se débrouiller sans chaperon, à la condition de ne pas s'attarder en route. L'industrie évoluant rapidement dans ces années du dix-neuvième siècle, sa fabrique se mua en usine, et le travail devint épuisant. Les enfants œuvraient autant que les grands. Mais chacun semblait y trouver son compte. Les fabricants faisaient des économies en les employant. Les parents y gagnaient un pécule supplémentaire. Et l'on disait aussi que, pour ces petits miséreux, c'était un dérivatif à la paresse, mère de tous les maux.

Au début, il revint aux Bleuets pour le dîner[1], avant de repartir jusqu'à huit heures du soir. Puis, les contraintes augmentant, il prit, comme les autres, son écuelle avec lui, mangea sur le pouce, et fréquenta, midi sonnant, la classe de fabrique.

L'hiver venu, il rentrait de nuit.

Il aimait toujours croiser les visages, les regards volés à l'obscurité, en cette heure de clair-obscur qui ouvre sur le songe, où tout semble possible, entre chien et loup, « au bord du soir », comme l'on dit dans le Nord. Les visages prenaient des teintes mouvantes, estampées d'ombres qu'il eût aimé peindre.

Mais c'était la musique qui le touchait le plus au cœur. C'était l'époque de Desrousseaux, dont on entendait partout *Le P'tit Quinquin*. Un jour, un chansonnier installé sur la grand-place lui avait offert un pipeau. C'était son seul bien. Il ne le quittait jamais. Malheureux à la fabrique, malheureux à l'orphelinat,

1. Déjeuner.

il compensait ses manques en sifflotant comme un moineau, ou en soufflant dans sa petite flûte, lorsque cela lui était permis.

Il aimait la poésie, mais ne savait pas que c'était de la poésie.

Son esprit imaginatif lui faisait rêver sa vie, hors de l'hospice, hors des grands murs et hors de ce bel uniforme bleu qui le classait malgré tout parmi les déshérités de la terre, les exclus de l'amour. Il songeait souvent à cet ange au parfum subtil apparu dans la grande salle aux damiers bleus.

Mais, peu à peu, l'image comme la fragrance s'estompèrent.

Quelques années passèrent, au bout desquelles il crut avoir rêvé cette apparition.

Pourtant, au travers de tous les visages croisés, étudiés, c'était celui de la belle dame aux cheveux blonds qu'il recherchait.

Dans la rue, il levait la tête vers les fenêtres aux petits carreaux jaunes et imaginait la chaleur des foyers bourgeois. L'hospice « des vieux hommes et Bleuets réunis » se lovait dans le quartier des riches.

Il se bâtissait des familles, plus vastes les unes que les autres. Il se faisait fréquemment sermonner, car lorsqu'on rêve, le travail en pâtit. On le traitait de fainéant.

A la fabrique, avec ce labeur sans trêve et monotone, toutes les minutes se valent, quels que soient les jours et les saisons. Mais lorsqu'on rêve, le temps prend une autre dimension.

La plupart des autres orphelins ne se permettaient aucune distraction. Après tant d'heures à faire et refaire les mêmes gestes, abrutis par le vacarme des machines, ils se hâtaient de rentrer, de souper dans le réfectoire qu'ils partageaient avec des vieillards tous aussi solitaires. Inquiétants, démunis, ils n'apportaient souvent que désolation à leur âme d'enfant. Avec certains d'entre eux, pourtant, les échanges étaient instructifs. Ces malheureux contaient leurs expériences, mais parlaient aussi d'un « bon vieux temps », ce qui ne les rassuraient pas. Ensuite, épuisés tout autant que leurs vieux camarades indigents et désœuvrés, ils s'étendaient sur leur paillasse. Chacun dans son dortoir. Chacun dans sa solitude. Sans un baiser.

Un baiser ! Que n'aurait-il donné pour un baiser !

Pas le baiser des amoureux. Non. Celui-là viendrait à son heure. Il n'était guère pressé. Il devinait que s'il apportait avec lui son cortège de désir et d'émotions, il ne valait pas le baiser tendre et apaisant d'une maman ou d'une grand-mère.

Il avait essayé de connaître sa mère, mais sa profession n'était pas indiquée sur le livret de l'orphelin. Figurait uniquement celle du père : ouvrier-sayetteur [1].

Sa mère était morte à sa naissance, et tous les saints guérisseurs du Nord – ils étaient nombreux pourtant – n'avaient pu la sauver. Aucun n'avait protégé sa mère. Il en voulait à Dieu.

1. Qui travaillait la laine.

Son père, lui, était mort dans les guerres napoléoniennes. Il détestait Napoléon.

Il était natif de Lille. Forcément, pour rentrer aux Bleuets. Et légitime. Forcément, pour y être admis. Baptisé aussi. C'était déjà bien.

Aidé par les petits maîtres, il connaissait son catéchisme, il savait lire, écrire, et même effectuer quelques calculs. Beaucoup plus que la plupart des enfants d'ouvriers. Il mangeait toujours à sa faim. C'était bien. D'autres, dotés de parents pourtant, devaient se contenter de pain et de lait coupé d'eau. Ceux-là étaient malingres et souffreteux.

Il avait sa propre paillasse. Ce n'était plus comme au siècle passé, où les orphelins couchaient tête-bêche, dans le même lit. Ce n'était pas comme ces familles nombreuses s'entassant dans des réduits aux murs envahis de punaises, supportant l'odeur des latrines collectives mal vidangées et dormant sur de la paille pourrie. Il avait de la chance. Il suivait messes, sermons, confesses, récitait le *De profundis* quand il le fallait. Il ne tomberait pas dans le vice et la mendicité. Il apprenait un métier.

De quoi se plaignait-il ?

Ce baiser… il avait vu une mère embrasser son petit. Fermant les yeux, il s'était caressé la joue de la main. Il avait presque senti le souffle chaud et le contact moelleux des lèvres féminines sur sa peau. Mon Dieu ! Comme cela devait être bon !

Un autre jour qu'il rêvait tout éveillé pendant la classe de fabrique, on le surprit, on maugréa, on le punit. La coupe était pleine.

Ses distractions étaient trop nombreuses. Les escapades de son cerveau épris de poésie furent considérées comme de l'école buissonnière. Il fut renvoyé pendant une semaine. Passé l'instant de consternation, il s'arrangea avec son ami, le meilleur, le seul, pour que l'orphelinat ignore son blâme. Et, très vite, il songea que cette punition représentait une aubaine merveilleuse : une semaine à vagabonder, à rêver, à oser, avec pour seule contrainte celle de simuler ses allers-retours vers la fabrique. Que de temps à lui, enfin !

Rien ne le presserait. Il pourrait, tout à loisir, s'asseoir au bord du canal, observer les pêcheurs, jouir de ces gouttelettes de soleil batifolant avec le clapotis de l'eau. Il admirerait les boutiques, dont les vitrines, décorées pour la Saint-Nicolas, contrastaient avec les silhouettes noires des passants. Il flânerait. Il s'arrêterait au kiosque à musique et se gorgerait de sons. Il pénétrerait dans un cabaret. Tout ce qui était interdit, à lui, enfant des Bleuets.

Il essayerait même de retrouver la dame au doux sourire, mais cela, il n'osait y croire.

Il prenait un risque énorme : si on le découvrait vaguant dans les rues de Lille au lieu d'être au travail, il serait aussitôt renvoyé de l'orphelinat, sans sommation. Mais jamais, non jamais, une occasion pareille ne se représenterait. Une semaine pour lui. Uniquement pour lui !

Il ne devait pas se faire remarquer, ni se salir. On procédait régulièrement à l'examen de leurs vêtements. Ils en changeaient le dimanche. Par la propreté de leurs habits, le côté impeccable de leur tenue, ils étaient les dignes représentants de l'hospice.

Un petit maître était chargé de l'inspection. Un jour, lui aussi serait un petit maître. On lui devrait obéissance. Les plus jeunes ôteraient leur chapeau en passant devant lui. Il serait un monsieur. Pour acquérir ce titre et ces responsabilités, il fallait les mériter par son comportement.

S'il était pris, adieu le petit maître. Adieu les Bleuets ! Où irait-il ? Il était encore inexpérimenté. Mais l'aubaine était trop tentante pour un jeune être épris de liberté.

Pour cet orphelin solitaire, perdu dans l'existence, débuta une errance volontaire, mélancolique et néanmoins délicieuse, dans les rues de sa ville natale. Il courut sur les remparts, ouvrit grands ses yeux, s'imprégna des senteurs, des couleurs, des bruits, des chansons des rues, suivit avec plaisir les revues militaires et rit des spectacles qui s'offraient à lui.

C'est alors qu'un événement inattendu se produisit.

Il ne croyait plus la revoir, cette belle bourgeoise aux cheveux blonds, promue secrètement au titre de grand-mère. Son image s'était fixée pour toujours en lui, mais elle avait perdu de sa matérialité. Elle était devenue fantasme.

Il s'était arrêté auprès d'un chanteur et s'apprêtait à reprendre en chœur avec l'assistance le refrain de la chanson, lorsqu'un parfum réveilla en lui son rêve d'enfant. Il n'était pas dans son rêve. C'était elle.

Il la reconnut immédiatement, bien qu'elle eût

vieilli. Ses cheveux avaient blanchi. Elle était toujours belle. Il crut voir un mirage, sentit les battements de son cœur s'accélérer dangereusement, mais, l'instant de surprise passé, il reprit son souffle et, sans hésiter, la suivit au travers de la ville.

Sa détermination était plus grande que sa timidité.

Il s'arrêta, perplexe, devant une imposante demeure de la rue Royale, où elle venait d'entrer sans se retourner.

Comment avait-il songé un seul instant qu'elle deviendrait sa grand-mère ? Elle était trop belle, trop riche. Trop indifférente.

Trois jours de suite, il revint à proximité de sa maison, suivit la silhouette devenue familière au hasard de la ville, pressant le pas comme elle lorsque la pluie martelait les pavés, flânant comme elle lorsque le soleil caressait son visage.

Le vendredi, elle se retourna brusquement et lui fit face.

Il s'immobilisa à son tour, tenta de se rendre invisible, fit mine de regarder ailleurs, mais elle s'approcha de lui, lui sourit et lui parla.

Elle le questionna avec douceur, lui frôla la joue du bout des doigts en un geste si tendre qu'il crut défaillir, mais seules les larmes, quelques grosses larmes inopportunes, vinrent inonder son visage. Elle sortit un mouchoir blanc de son petit sac, tamponna ses yeux et lui proposa d'entrer avec elle chez le confiseur-chocolatier de la rue Esquermoise. Jamais il n'eût osé poser le pied dans cette boutique au décor de contes orientaux, au comptoir si bien achalandé. C'était sans doute la plus grande merveille du monde. Une profusion d'or ou de doré, il ne connaissait pas la différence, de balcons de fer forgé et de dessins muraux. Il avait observé les enfants bien vêtus y entrer avec leur gouvernante pour y consommer des glaces et des pâtisseries. Il les avait enviés au travers de la devanture avant de se faire refouler par le commis. Ces enfants-là recevaient des jouets pour la Saint-Nicolas.

Elle lui offrit une gaufre fourrée. Et, comme elle le sentait prêt à fondre de nouveau en larmes, elle lui tendit son mouchoir brodé.

— Demain, dit-il, persuadé à présent de la revoir, à mon tour, je vous offrirai quelque chose, madame.

Il était tellement heureux qu'il la quitta en sifflotant, sortit imprudemment son pipeau, sans voir qu'au bout de la rue un petit maître le guettait...

Cette nuit-là, il glissa le mouchoir sous sa joue, en se demandant à quels noms pouvaient correspondre les initiales brodées : J comme jolie, B comme bonheur, se dit-il en souriant aux anges. Le lendemain, samedi, était son dernier jour chômé et volé. Il n'avait qu'un désir, la revoir, et lui apporter ce « quelque chose » qu'il avait promis. Il lui annoncerait aussi qu'il l'avait adoptée.

Cette nuit-là, transi d'émotion et d'espoir, il ne ferma pas l'œil, cherchant, en vain, le cadeau pour « sa » grand-mère. Il l'appelait ainsi.

« Demain, je vous offrirai... »

C'était vite dit. Il ne possédait rien.

Que donner lorsqu'on n'a rien ? Lui, bien sûr, mais

en voudrait-elle ? Une femme si douce, si riche, si bonne, possédait déjà toute la tendresse de ses enfants et petits-enfants.

Elle devait recevoir tant d'amour. Elle ne devait plus savoir qu'en faire, de cet amour.

Il prit conscience de sa candeur. Elle n'aurait que faire de lui. Il s'était mépris sur la gentillesse inscrite sur le visage de la dame. Elle avait eu pitié de lui et de son bel uniforme bleu, signe élégant de sa détresse, voilà tout.

Et, seul parmi les soixante enfants seuls, il pleura. En silence. Même dans les grandes peines, il fallait respecter le sommeil des autres. Il était seul, et le serait toujours.

Pourtant, il lui avait promis un cadeau. Il avait son pipeau. Il le lui donnerait. Le chansonnier l'avait bien fait, et il ne devait pas être très riche, lui non plus.

Le lendemain matin, il reprit le chemin de la fabrique, puis, lorsqu'il fut certain que personne ne le suivait, il bifurqua et se dirigea vers la rue Royale. Il patienta. Il n'osait sonner. Les domestiques ne manqueraient pas de le renvoyer, sans même avoir prévenu la dame.

Il attendit longtemps. L'heure du repas passa. L'après-midi s'écoula. Il ne se décida à rentrer à l'hospice qu'à la nuit tombée. Avant de partir, il déposa son pipeau à la porte de l'entrée, avec un mot : « pour madame ».

Il sonna et courut très vite, comme ces sales gamins des rues qui importunent les bourgeois. Un brouillard épais estompait la réalité. Sous les lueurs blanchâtres d'une lune capricieuse, il tenta malgré tout d'apercevoir la silhouette de la belle dame aux cheveux blancs. Déçu. Inquiet. N'était-il rien arrivé de grave à son ange ? Mais non, elle avait simplement oublié son existence.

Une surprise désagréable l'attendait à l'hospice : posté devant le monumental portail, le petit maître guettait son retour.

— Suis-moi, tu vas devoir t'expliquer.

Il était pris, serait puni, mis à la porte. Mais tout lui était égal. Il n'avait pas de grand-mère. Il n'avait même plus son pipeau.

La prieure le tança froidement.

On avait appris son renvoi temporaire de la fabrique. Sa conduite était inqualifiable. Il déshonorait l'illustre maison.

Il dut se coucher sans souper. Le lendemain, il se confesserait avant la messe dominicale. On l'avertirait ensuite de son sort.

Il ne dormit pas, plus solitaire que jamais. Mais tout lui était égal. Il fit acte de pénitence toute la matinée dans la chapelle et reprit le chemin du bureau de la prieure. Prêt à tout.

Aucun des autres orphelins ne lui avait adressé la parole. Le rêveur impénitent était en quarantaine. Puni de paroles et d'échanges. Il devait rester dans le silence et la prière.

Il attendit longuement derrière la porte.

Lorsqu'on lui fit signe d'entrer, il avança d'un pas hésitant, eut la fulgurante vision d'un ange et perdit connaissance.

Le temps d'un court, étrange et confus sommeil, entrecoupé de chuchotements, il revint à la vie, en se demandant si les froissements et murmures étaient ceux des archanges, rouvrit les paupières, le corps trempé de sueur froide, comprit qu'il s'était évanoui, sentit le rouge de la honte lui monter au visage.

Face à lui se tenait la dame au doux sourire, aux cheveux blancs.

— Tu peux passer le dimanche en compagnie de madame, qui est l'une de nos bienfaitrices, annonça la religieuse. Vous vous connaissez déjà, n'est-ce pas ? ajouta-t-elle, avec une pointe d'ironie bienveillante au bord des lèvres.

— Oui, balbutia l'enfant.

— Tu peux sortir.

— Mais la punition...

— Elle est levée, grâce à ta nouvelle tutrice que voici, et à laquelle tu dois ma clémence.

Elle, la jolie dame aux cheveux blancs.

Ils sortirent tous les deux. Sans un mot.

Au-dehors, un violoneux jouait une tendre mélodie.

Enfin, elle parla :

— Vois-tu, je ne suis pas bien vieille, malgré mes cheveux blancs...

Elle hésita, lui sourit.

— Je n'ai pas eu d'enfant. Alors, si tu veux...

— Vous voulez bien être ma...

Il s'arrêta, confus.

— Ta grand-mère ? Oh oui ! Ne m'as-tu pas déjà adoptée ? demanda-t-elle avec son merveilleux sourire.

Et sans attendre de réponse, elle ajouta :

— Tu m'as offert un très joli cadeau. Il est chez moi, ton pipeau, il nous attend. Mais, dis-moi, n'y aurait-il pas quelque chose qui te ferait plaisir, là tout de suite ?

— Un baiser.

LA PORTE DE PIETER

Vous êtes-vous déjà arrêté devant un tableau, et senti étrangement ému ? Non seulement par la beauté, le charme qui s'en dégage, mais étreint par une émotion singulière, une sensation de déjà-vu, une indescriptible familiarité ? Certains diront qu'il s'agit d'une vie antérieure, d'autres, d'une « perception sensorielle », une étroite communion avec la sensibilité du peintre. Deux âmes qui se rejoignent au travers du temps...

Eh bien, cela m'est arrivé, avec une peinture de Pieter de Hooch, découverte dans un livre consacré aux grands maîtres du dix-septième siècle. Chez ce peintre, les actes les plus simples revêtent une tournure divine. Pour un peu, on se réconcilierait avec les tâches domestiques et rébarbatives. Les gestes les plus insignifiants révèlent l'amour, la beauté, une harmonie « apparente » qui apaise et nous rappelle qu'en Hollande, à cette époque, le domaine du privé était supérieur à celui du dehors. Sans être l'égale de l'homme, la femme paraissait plus libre qu'ailleurs. Confinée dans son intérieur, elle y était la reine.

Face à ce tableau, je ne pouvais détacher mes yeux du personnage féminin à la jupe rouge. Légèrement tourné vers la fenêtre, son visage invitait au songe. Cette femme s'apprêtait à ouvrir une porte. Hésitait-elle entre le dehors et son intérieur ? Qui s'apprêtait-elle à rejoindre derrière cette porte fermée ? Dans les peintures de Pieter de Hooch, j'étais toujours fascinée par ces sujets aux regards mystérieux.

Je me suis souvent interrogée sur la signification profonde de ces mélancolies, de ces airs pensifs, de ces attitudes indolentes. Je ne me doutais pas que la réponse me serait bientôt donnée, d'une façon tellement incongrue et étonnante que je me demande, encore aujourd'hui, si je n'ai pas rêvé toute cette histoire.

Tout commença lors d'un voyage à Londres, alors que je me rendais au musée dans lequel cette œuvre de Pieter de Hooch était exposée. Peut-être n'avais-je effectué ce voyage que dans ce but précis.

En pénétrant dans le musée, je m'aperçus que j'avais oublié de me munir d'un plan. Mes pas, pourtant, me guidèrent. Je quittai rapidement les imposantes représentations mythologiques et religieuses pour entrer dans les salles consacrées à la vie quotidienne. Je parcourus la première, sans admirer le moindre tableau, sous le regard réprobateur des gardiens. Je ne m'arrêtai que dans une petite pièce adjacente.

Un frémissement imperceptible m'obligea à tourner le visage. Je savais qu'il était là. Je souris. Il m'attendait, pensai-je, tel un membre de ma famille. Je fus d'abord décontenancée. La toile était faiblement éclairée. Une telle œuvre méritait davantage de lumière, une mise en place plus théâtrale.

Mon agacement s'évanouit pourtant au profit de la sensation inexplicable et familière ressentie auparavant. J'étais frappée par la sensualité qui découlait de l'attitude de la jeune femme, dont on ne percevait qu'un profil d'une grande douceur ; par le contraste entre la gravité de son regard perdu dans le lointain et le bien-être ambiant.

Cette sérénité était-elle trompeuse ?

Dans cet instant de vie volée par le peintre, il existait quelque chose en suspens. Ce quelque chose revêtait une lourde signification, et je voulais le découvrir coûte que coûte. Quelque chose d'inquiétant. J'en eus froid dans le dos, et frissonnai réellement lorsque je sentis une main se poser sur mon épaule.

C'était celle du gardien. Il s'apprêtait à fermer le musée. Fasciné par mon immobilité et le regard fixe, comme en état d'hypnose, que je posais sur cette œuvre, il me rappelait à l'ordre avec douceur. Je réalisai soudain mon attitude et m'enfuis comme un coupable, avec, au cœur, l'impression d'avoir capté un interdit.

Je ne récupérai mon souffle qu'une fois sortie, et continuai mon chemin à pas rapides, remuée plus que de raison par un tableau apparemment serein et inoffensif. Je rentrai à l'hôtel en me traitant de folle. Le soir, au moment de me dévêtir pour la nuit, je portai la main à mon cou.

Mon collier ! Je l'avais égaré.

Je me remémorai rapidement l'enchaînement de la journée, arrivant à cette conclusion évidente : je l'avais perdu dans cette idiote précipitation à fuir le gardien et son air intrigué.

Le lendemain matin, je me postai devant le musée avant l'heure d'ouverture, afin d'être la première à arpenter les salles. Aussitôt les portes entrebâillées, je me précipitai pour acheter le billet. Je refis rapidement le trajet, presque en courant, le nez au sol, sous l'œil tout aussi incrédule de nouveaux surveillants. J'arrivai à proximité de « mon tableau », cherchai en vain le collier et finis par m'enquérir de mon bien auprès des responsables.

Il était introuvable.

Dépitée, je repris le même chemin que la veille jusqu'à l'hôtel, le nez toujours cloué au sol, sans illusion, sans résultat.

Il ornait sans doute le cou d'une Anglaise ou d'une touriste peu scrupuleuse, trop heureuse de cette trouvaille inespérée. Je n'eus pas le temps de me rendre au service local des objets trouvés. L'avion n'attendait pas.

Je repartis donc, le plaisir de mon escapade gâché par la perte d'un bijou d'une grande valeur affective. J'y tenais terriblement. C'était le premier cadeau de mon nouveau compagnon, avec lequel pourtant, échaudée par une vieille histoire passionnelle et douloureuse, j'hésitais à m'engager. Mes escapades en solitaire n'étaient dues, je crois, qu'à ce besoin de réfléchir, de faire le point sur ma vie.

La perte du collier était-elle un signe ?

Toujours est-il que quelques mois plus tard je parcourais, seule, les vieilles rues d'Amsterdam serpentant le long des canaux paresseux et datant de l'âge d'or hollandais. Songeuse, je m'aventurais dans le passé, comme tenaillée par une indicible quête.

Je visitai d'abord ce que l'on appelle communément « le bon Dieu au grenier », l'une de ces petites églises dissimulées au dernier étage d'une maison, lieu de culte catholique toléré au dix-septième siècle, du moment qu'il était « invisible ».

Afin de revenir dans le centre-ville, j'empruntai une ruelle perpendiculaire. Bientôt, je compris que je m'étais égarée. La promenade était pittoresque, le temps splendide, des rais de soleil brillaient sur la surface de l'eau, rien ni personne ne me pressait, je jouissais de ma liberté avec une certaine délectation, et me perdis donc avec un réel plaisir. Au début.

Les heures s'écoulaient et je commençais à m'inquiéter. Tournais-je en rond ? Il me semblait pourtant bien connaître Amsterdam. Ce n'était pas la première fois que j'y déambulais.

Je m'aperçus alors que la rue était vide. Pas un touriste. Seul, un peu plus loin, un enfant était assis sur une marche, devant la porte d'une maison. Je le hélai. Il tourna le visage vers moi et se leva. Je me dépêchai de le rejoindre, mais il entra et disparut. Je me sentis ridicule.

La façade attira fortuitement mon attention. De nombreux peintres avaient représenté de ces petites demeures au pignon en escalier, dit « à pas de moineau », et qui s'ouvrent à l'arrière sur le canal. Cette maison, pourtant, m'intriguait.

Elle me paraissait familière. J'eus alors ce geste absurde : je sonnai.

C'était totalement irraisonné, inconvenant. Je ne connaissais pas le néerlandais, à peine quelques mots dotés d'un fort accent français et que ces gens, sans doute, ne comprendraient pas. Il me fallait utiliser l'anglais, espérer que les propriétaires des lieux le parlent, eux aussi.

Mais qu'allais-je raconter ?

— Je vous en prie, laissez-moi visiter votre maison, je crois la connaître !

Ils allaient me claquer la porte au nez. Ils auraient raison. J'aurais fait de même. Mais il était trop tard pour réfléchir. J'avais sonné.

Mes jambes se refusaient à prendre la fuite comme ces petits garnements de tous les temps. J'étais donc inquiète, la bouche pâteuse.

« Je n'arriverai pas à sortir un son », me disais-je.

Personne ne répondit. Tant mieux.

Il ne me restait plus qu'une chose à faire, si je voulais m'introduire dans ce lieu : réfléchir dans le petit bistrot du coin que j'avais repéré, surveiller les allées et venues dans la rue, attendre. Et me précipiter dès que je verrais quelqu'un entrer dans la maison.

En aucun cas je ne remettais en cause ma décision. J'étais totalement pénétrée d'une sensation de filiation avec cette maison, et sentais confusément un lien avec le tableau de Pieter de Hooch. Tout cela était insensé, mais une force irrésistible m'empêchait de faire demi-tour. Je ne quitterais pas Amsterdam sans avoir visité cette demeure.

Mon attente me permit de me forger un scénario. Quelque peu rocambolesque, soit, mais après tout... Qui ne risque rien n'a rien. Je décidai de me faire passer pour la descendante d'un Hollandais ayant vécu dans cette demeure au dix-septième siècle. Je venais exprès de France. Non, pas de France. C'était trop proche. Voilà : après de longues années passées aux Etats-Unis, je revenais en Europe.

Je prendrais l'air catastrophé.

« Comment ? Vous n'avez pas reçu ma lettre ? »

La mine malheureuse, je me détournerais, prête à faire demi-tour, le cœur gonflé de l'espoir que l'on me rappelle. Le propriétaire ne pourrait que craquer devant mon affliction.

Mais les heures passèrent, personne ne s'arrêta devant la maison hollandaise. Mon beau plan était à l'eau.

L'âme en peine, guidée malgré tout par cette étrange force, je me décidai à sonner une dernière fois.

Personne, bien sûr.

Etais-je la proie d'une idée fixe ? Mue par une impulsion incontrôlable, je saisis la poignée.

Elle tourna aisément. La porte s'ouvrit d'abord lentement, avant de faire entendre un craquement épouvantable. Trop tard. Si quelqu'un demeurait à l'intérieur, je ne pouvais plus me dérober. Une boule dans la gorge, je pénétrai dans la maison.

L'intérieur était sombre.

Une lumière presque irréelle irradiait d'un chandelier posé sur un guéridon ancien recouvert de damas. Une grande partie de cette pièce carrelée restait dans la pénombre, et je dus attendre quelques instants pour que mes yeux s'y habituent. Je distinguai enfin les alentours. Aucune trace de l'enfant.

Les murs étaient lambrissés. J'étais entrée dans le dix-septième siècle. Le silence qui régnait me procurait un indéfinissable malaise.

Je découvris enfin la porte du fond, une grosse porte de chêne. Je la connaissais. C'était la porte de Pieter, celle de « mon tableau ». Etais-je en train de rêver ?

Je pris le chandelier et promenai mon regard. Personne. M'attendais-je à rencontrer la jeune femme à la jupe rouge ? J'étais trop intriguée pour faire demi-tour et revenir à la civilisation. Le temps s'était suspendu.

Qu'allais-je trouver derrière cette porte ? Je songeai en frissonnant à Barbe-Bleue et à sa huitième femme. Celle qui découvrit les cadavres. J'avançai pourtant la main vers la poignée. La porte n'était qu'entrebâillée et s'ouvrit sans effort sur un salon, ancien, mais sans prétention.

Je pensai que ces vieilles maisons ne devaient guère avoir changé en trois siècles. Je m'y engageai, non sans une légère appréhension. J'étais une intruse.

Prise en flagrant délit, on ne manquerait pas de m'accuser de violation de domicile et tentative de vol.

Pourtant, ma véritable crainte n'était pas due à cette effraction. Elle était plus profonde, encore étrange, comme une angoisse qui vous tiraille longtemps, avant d'en découvrir la raison.

Un feu crépitait dans la cheminée. Il éclairait des tableaux anciens. Ils représentaient des personnages qui me souriaient de façon inexplicable et peu rassurante. Allons bon ! Je délirais à présent.

Je fus pénétrée d'une espèce de torpeur. Entendis-je réellement une voix qui s'élevait de l'un des portraits ? Elle me cloua sur place. C'était des mots en néerlandais. Je les compris : « Elle t'attend. » Suivit un rire moqueur qui me glaça. L'ai-je inventé, comme tout le reste de cette histoire ? Aujourd'hui, je me pose encore souvent la question.

Quoi qu'il en soit, je me rappelle avoir refermé brutalement la porte. Et je restai longtemps, appuyée contre le chambranle, à reprendre mon souffle et mes esprits. Je tremblais, convaincue d'être en plein délire. Qu'étais-je venue faire en ces lieux ?

Une irrésistible force me contraignit à l'ouvrir à nouveau, mais cette fois, je restai prudemment au seuil de la pièce. Pas de voix, pas de tableau insolite. Le décor avait changé.

Cela ne faisait plus de doute, ou je devenais folle, ou j'étais l'une de ces rêveuses impénitentes, et j'allais bientôt me réveiller. C'était une cuisine aux petits carreaux de faïence bleue. Il me sembla immédiatement qu'elle ne m'était pas inconnue. Sans doute encore ces peintures, tant de fois observées dans les livres et les musées.

Je fermai les yeux, sentis mes jambes se dérober sous moi ; j'éprouvai un besoin urgent de m'asseoir. Sans ouvrir les paupières, je saisis la chaise à haut dossier que je savais être près de moi. Je m'y assis, avec l'impression de me perdre moi-même, d'agir en somnambule.

Sur la droite devait se trouver une table ronde, recouverte d'un épais tissu de Damas, ornée d'un vieux vase ébréché. Dans mon tableau, il était ébréché. J'osai enfin ouvrir les yeux. Je vérifiai. Le vase était ébréché.

Il régnait dans la salle une atmosphère d'hospitalité. Sur une longue table de chêne, des carafes de liqueur, un plat garni de gâteaux, les reliefs d'un repas. D'énormes bûches flambaient dans la cheminée... Et, à ma stupéfaction, la pièce était habitée.

J'étais totalement pétrifiée. Je criai, mais aucun son ne sortit de ma gorge. Un homme sommeillait dans un coin sombre, la pipe à la bouche, vêtu d'un habit de l'âge d'or. Une Hollandaise me tournait le dos. Elle se penchait légèrement vers la fenêtre. La jeune femme à la jupe rouge ! Tout ceci était parfaitement inconcevable.

Je craignais, en bougeant, de faire disparaître mes visions. Envoûtée, je retenais mon souffle. Ajoutant une note apaisante, un chat sommeillait devant l'âtre. Etions-nous tous endormis comme dans le conte de *La Belle au Bois dormant* ? L'impression ne dura pas. La femme à la jupe rouge se retourna vers moi, continua à fixer le vide, comme l'on regarde par-dessus l'épaule de quelqu'un. Que cherchait-elle ?

Je découvris enfin le visage dont j'avais tant rêvé, ce visage que seul Pieter connaissait. Les cheveux blonds retenus par une coiffe blanche, les yeux bleus, l'ovale plein.

Il m'était familier. Et pour cause : ce visage était le mien. Son sourire était le mien. Subitement, son regard rencontra le mien et ne s'en détacha plus. Elle me cherchait, oui, moi, aussi incroyable cela fût-il.

A son cou, je reconnus avec stupeur mon collier.

On ne pouvait le voir sur la peinture. Mais c'était le mien, le collier offert par mon ami Daniel pour notre premier Noël. Je n'avais encore osé lui avouer que je l'avais égaré à Londres. D'accord, j'étais en plein délire.

La jeune femme ne me dit rien. Elle mit un doigt sur ses lèvres pour m'inciter au silence et me montra l'homme endormi.

Je suivis son invitation et le détaillai davantage. Il ressemblait au fiancé que j'avais repoussé jadis, étant trop jeune pour m'engager sérieusement.

J'avais regretté mon acte par la suite, mais il était trop tard, et dix ans après, je peinais à m'en remettre.

En vieillissant, il était devenu corpulent, adipeux, ses traits s'étaient durcis, le charme n'opérait plus. Je devinai même son égoïsme, son manque d'enthousiasme, de fantaisie. La femme à la jupe rouge s'ennuyait. Elle passait ses journées à rêver devant la fenêtre.

Elle ne disait rien, mais son expression la trahissait. Son visage était au bord des larmes, elle essayait de me parler. Je comprenais ce qu'elle ressentait, et le ressentais à mon tour. Elle s'était mariée jeune, trop jeune, et le regrettait. Je ne devais pas agir comme elle. Et puis, brusquement, elle me sourit, comme rassérénée : je n'avais pas agi comme elle.

Elle porta la main à son cou, retira le collier et me le tendit. Je sentis sa main, comme un souffle sur la mienne. Mais, soudain, un coup de vent me fit reculer. D'où venait-il ?

La dame n'eut pas le temps de me transmettre le bijou.

La porte se referma sur moi avec un affreux craquement. J'essayai de l'ouvrir, je poussai de toutes mes forces. La tentative fut vaine.

Je me retrouvai dans la ruelle. Prise de vertiges, je n'eus que le temps de m'agripper à une petite borne de pierre, hébétée.

A mon retour, mon ami s'inquiéta de mes absences, de mon air sibyllin lorsqu'il m'interrogeait sur mon voyage. J'imaginais aisément sa déception, mais il eut l'intelligence de me laisser vivre mon silence.

Un jour, je tentai de lui en parler... Et me perdis dans les explications. J'arrêtai, invoquai la plaisanterie.

Je sus alors que je porterais seule ce mystère.

Mais il y avait le collier. Lui expliquer que je l'avais perdu en Angleterre, puis retrouvé dans cette maison hollandaise, après avoir ouvert la porte du tableau de Pieter de Hooch... C'était assez pour m'enfermer. Jamais personne ne m'eût crue.

De toute façon, je n'avais pas récupéré le bijou. Toute cette histoire devait être le fruit de mon imagination. Je décidai de l'oublier, et rangeai l'ouvrage comportant le tableau de Pieter dans un tiroir.

A partir de ce jour, pourtant, les relations avec Daniel, quelque peu attiédies, se réchauffèrent. J'étais libérée. Non du tableau, mais de ce premier amour, de ce fiancé que j'avais cru aimer pour la vie entière, qui m'avait laissé une crevasse au cœur, et pour lequel je traînais depuis des lustres le sentiment d'une histoire non achevée, à cause duquel, aussi, je n'arrivais pas à trouver le chemin d'un nouvel amour.

Je choisis enfin mon époux et reléguai mes vieux fantômes au grenier.

Nous nous mariâmes.

Le souvenir de mon rêve se serait amenuisé, évanoui, si je n'avais eu l'occasion d'accompagner mon mari lors d'un déplacement aux Pays-Bas.

Etre à Amsterdam sans aller vérifier mes visions me parut brusquement au-delà de mes forces. Je devais en avoir le cœur net.

Seule pour la journée, je portai mes pas vers la maison que j'avais désormais désignée comme « la maison de Pieter ». Auparavant, je me rendis à l'office de tourisme.

Une première surprise m'y attendait. Cette maison avait été louée, jadis, à la famille de Hooch, après que le peintre eut quitté Delft pour Amsterdam.

Je repensai au scénario élaboré dans le bistrot et décidai de retrouver la porte de Pieter.

Aucun enfant ne jouait devant la maison.

Je me pris à le regretter, mais n'avait-il pas fait partie de mon rêve, lui aussi ? Je sonnai, essayai d'ouvrir, mais cette fois la poignée résista.

Une Hollandaise en jeans déboucha devant moi et me fit sursauter. Je m'attendais malgré tout à la jeune femme à la jupe rouge.

Je lui racontai, en anglais, le visage cramoisi par le mensonge, l'histoire de mes ancêtres imaginaires.

— Vous êtes française ?

La Hollandaise s'exprimait en un français très correct.

Non, et pour cause, elle n'avait pas reçu ma lettre.

— Mon Dieu ! Comme je suis déçue !

La propriétaire fut charmante. Elle me fit entrer et la porte s'ouvrit sur un salon moderne.

Non, elle ne venait pas d'emménager.

— N'avez-vous pas été tentée, dans un tel décor, de vous meubler en ancien ?

— Si, bien sûr, mais ce que je désire est trop cher pour ma bourse ! me répondit-elle en riant.

Peu après, je m'apprêtais à repartir, confuse de l'avoir dérangée, touchée par son hospitalité, désillusionnée, l'âme dans le vague, lorsqu'elle m'arrêta.

Elle désirait me montrer quelque chose. Elle l'avait trouvé quelques mois auparavant en retapissant le mur du salon. Il était comme accroché dans le bois.

— C'est ancien. Peut-être appartenait-il à vos ancêtres ?

« Mon collier ! »

Il était là, sous mes yeux. Je poussai un petit cri de surprise.

— Oui, il était aux miens, bredouillai-je.

Elle me le donna aussitôt. Emue, je la quittai en l'embrassant. Et repartis plus légère, mon collier au cou.

Ai-je vécu au dix-septième siècle ? Cette première vie fut-elle un palier vers ma vie présente ? Pieter m'a-t-il aimée, en me peignant ? Peut-être l'ai-je aimé, plutôt que ce mari repoussant. Quoi qu'il en soit, rêve ou non, la porte de Pieter m'ouvrit à la lumière.

En regagnant mon foyer, je sus, enfin, que je vivais un véritable amour. Je retrouvai mon mari avec la fraîcheur de la jeunesse.

Mes vieux fantômes ne sont plus revenus me hanter. Et j'attends un enfant.

Nul doute qu'il ressemblera à celui de mon « rêve ».

Ah oui ! Au fait, je porte souvent mon collier.

Pourtant, lorsque je demandai à Daniel où il l'avait acheté, il me répondit, l'air énigmatique :

— Ça, ma chérie, c'est un secret.

LA DIGUE

... Car, en fin de compte, que sais-je à ton sujet sinon ce que tu restes dans mon souvenir : un grand absent dont le sourire apparaît par intermittence, comme le soleil à travers le brouillard, puis se retire discrètement.

Jozef Deleu,
Lettres à l'autre rive
(Editions Luce Wilquin)

Laurencine était devenue vieille sans s'en apercevoir. Elle savait pourtant qu'elle marchait moins longtemps, qu'elle se couvrait un peu plus. Elle se sentait tellement étrangère à la transformation de son corps qu'elle ne pouvait l'admettre. Comment avait-elle glissé ainsi, de façon presque imperceptible, mais si rapide, vers son propre crépuscule ? Quatre-vingt-quatre ans, plus de deux fois l'âge dit « canonique ».

Elle les portait bien, avec élégance. Des rides, témoins d'une longue vie, parsemaient son doux visage, mais elle se tenait toujours droite, et digne. Elle aimait se vêtir de blanc, contrairement à ses mère et grand-mère qui, jadis, s'enveloppaient de noir, passé la cinquantaine. Et, durant toute son existence, elle avait tenté d'être une femme et une mère parfaites.

Vieillissant, elle répétait parfois les mêmes phrases, redonnait d'immuables conseils et principes à ses enfants, tant elle craignait qu'ils ne se protègent pas suffisamment, qu'ils oublient des choses essentielles.

Les oublis, c'était elle qui les avait, de plus en plus.

Mais, à l'intérieur d'une carapace qui échappait

inconsidérément à son contrôle, elle restait la jolie jeune fille de ses tendres années, et souffrait simplement du fait que personne, autour d'elle, ne s'en apercevait.

C'était injuste, tellement injuste. C'était la vie.

Et comment s'enlever de la tête cette proximité douloureuse et fatale, ce moment terrible de la déchirure, où les ténèbres allaient s'emparer de son écorce terrestre ?

Elle devenait de plus en plus faible, malgré tous ses efforts. On ne se bat pas indéfiniment contre l'impossible.

Alors un jour, elle craqua. Elle arrêta de se battre.

Peut-être fut-ce cette année-là que son esprit commença à se perdre dans le labyrinthe des souvenirs et des chimères.

Un monde nouveau se dessina dans son être, fait de confusions, d'amalgames, de pertes de repères, d'obsessions. Elle emmêla les membres de la famille, elle s'embrouilla dans les dates, les saisons et les lieux.

Parfois elle attendait longuement sur sa chaise, ayant revêtu son petit tailleur bleu nuit « du dimanche », comme elle aimait à le préciser jadis. Le café était préparé, les tasses de porcelaine trônaient sur la table avec des gaufres confectionnées par ses soins. Ses visiteurs ne venaient pas, et pour cause… Elle avait oublié de les inviter.

Elle osa même des commentaires à faire rougir les plus impudiques, mais ses doux égarements n'étaient pas méchants, et ses petits-enfants en riaient. Elle-même semblait heureuse, et, malgré son veuvage et les deuils rencontrés au cours de sa longue vie, elle n'avait jamais autant souri. Sa bonne humeur soulageait la famille, ainsi délivrée de toute culpabilisation.

Mais bientôt des moments plus douloureux prirent place dans son Eden. Moments faits de prostration, de sautes d'humeur, de peurs, d'inquiétudes non justifiées. Alors elle fit rougir parfois, effraya souvent, et, finalement, elle fendit le cœur de ses enfants.

Son fils et sa famille déménagèrent pour des raisons impérieuses de carrière. Vivant dorénavant aux Etats-Unis, ils ne restaient en contact avec leur mère que par l'intermédiaire de leur sœur, Marie, restée non loin d'elle. La mémoire de Laurencine devenait comme ces ordinateurs qui s'emballent sans raison, où toutes les données se mêlent à grande vitesse, où toutes les fenêtres s'ouvrent les unes après les autres sans que l'on puisse intervenir : Laurencine s'était détraquée.

Marie ne l'admettait pas. Sa mère n'avait pas le droit de devenir vieille, encore moins de perdre la tête. Lorsqu'elle s'en aperçut, elle ressentit d'abord une incroyable colère qui la culpabilisa longtemps. Mais, peu à peu, elle s'habitua à ces inexorables changements. Elles ne vivaient pas ensemble. Marie avait un époux et trois enfants. Pourtant, dès que sa mère tomba malade elle vint la voir très régulièrement. Laurencine ne souffrait d'aucun problème physique – une chance – et elle restait lucide la plupart du temps. Ce n'était pas encore très grave, mais c'était déjà un ébranlement du cerveau. Elle se métamorphosait, s'en apercevait, s'en étonnait, s'en agaçait, en pleurait parfois.

Débutèrent pour elle de longues nuits d'insomnie, au cours desquelles elle déambulait sans raison apparente. Sa fille, en lui rendant visite le lendemain matin, la découvrait assoupie sur la chaise de la cuisine ou dans son fauteuil. Laurencine ne se souvenait pas de s'être levée.

Suivit une autre période durant laquelle elle se mit à explorer la maison de fond en comble pour y dénicher quelque secret trésor. Il fut impossible de deviner ce qu'elle cherchait : une lettre, une photo, un objet ? Elle-même semblait l'ignorer.

A ses promenades nocturnes succéda une errance diurne à laquelle sa fille assista, l'âme en peine, sans comprendre, dans un sentiment d'effroyable impuissance.

Elle se mit à confondre le matin et le soir, si bien que Marie la surprit en train de dîner à l'heure du petit déjeuner.

D'autre part, la porte restée ouverte la nuit ou l'oubli du gaz s'avéraient inquiétants. Laurencine ne pouvait plus vivre seule.

Elle était devenue inapte à faire ses courses, oubliant constamment son porte-monnaie sur le comptoir, revenant avec des produits inutiles, ou en quantité trop importante. Chez elle, elle passait d'une propreté méticuleuse – nettoyant avec frénésie et dix fois de suite les mêmes meubles – à une désinvolture qui frisait l'abandon. C'est à ce moment-là que Marie décida de lui adjoindre une aide à domicile, en attendant une meilleure solution.

La mémoire de Laurencine faisait machine arrière. Elle eut des obsessions de nourriture, comme au temps béni de ses grossesses. Elle exigeait alors que sa fille, qui effectuait à présent ses achats, lui trouve l'indénichable.

C'est à cette époque que les souvenirs liés à son enfance lui revinrent, plus vivaces que jamais. Elle parla de son école, de bohémiens qui l'effrayaient sur son chemin, de Marguerite, la vache du fermier voisin. Elle ne se souvenait plus ; elle revivait des moments. Il y eut la peur terrible des bombardements de sa petite ville des Flandres. Sa fille eut beau la rassurer, la hantise s'accrochait à elle comme une sangsue, ses phobies la paralysaient.

Puis vint une autre phase, celle du silence.

Quand un engourdissement s'emparait d'elle pendant quelques heures, elle s'égarait dans sa propre maison et réclamait qu'on la reconduisît chez elle. Elle se sentait séquestrée et voulait fuir. Il fallait trouver une autre solution.

Le jour où elle sortit de son pays silencieux, ce fut pour prononcer un prénom, celui d'un inconnu.

Marie eut la sensation de toucher à un secret.

Avait-elle aimé cet homme ? La grande dame qu'était sa mère avait-elle failli à ses devoirs conjugaux ou cela s'était-il passé avant qu'elle rencontre leur père ? Le saurait-elle un jour ? Elle tenta de l'interroger, sachant que les réponses seraient évasives et qu'elle aurait à démêler un enchevêtrement d'imprécisions et de non-sens, comme un immense puzzle à reconstituer.

Le prénom « Jan », à consonance flamande, était ignoré de la famille. Peut-être l'avait-elle connu à l'école ou pendant la guerre ?

Marie entama un travail de fourmi, une enquête de reporter. Elle tâcha surtout de prendre patience ; sa mère lui distillait les informations au compte-gouttes, selon les images qui s'imposaient à son esprit. Les pièces manquantes s'ordonnèrent et s'ajoutèrent à ce tableau étrange. Peu à peu la peinture d'une épouse et d'une mère parfaites s'abîmait, se dissolvait pour laisser place à une inconnue vivant une passion de jeunesse.

Elle avait tant donné aux siens qu'on croyait lui avoir tout pris, mais elle avait toujours gardé une part secrète, ce premier amour mis sous clé.

Longtemps enfoui, il ressurgissait.

Marie vivait ces révélations avec une certaine curiosité, mêlée d'une profonde confusion. Honteuse et intéressée, tantôt heureuse de sentir sa mère se décharger d'un lourd silence, tantôt envahie de la pénible sensation de violer une intimité que sa mère n'eût jamais consciemment dévoilée. Avait-elle le droit de la cuisiner, d'essayer d'en savoir davantage ? Etait-ce réellement un secret ? Cet homme était-il si important ? N'était-elle pas en train d'embellir, de magnifier un petit flirt de jeunesse ? N'en avait-elle pas moins aimé son mari ? N'avait-elle pas étouffé, parfois, ce prénom au sein même de son alcôve ? Marie ressentait, de façon indicible, que ces révélations allaient les conduire toutes les deux quelque part. Mais où ? Elle l'ignorait.

Un jour, elle découvrit Laurencine en pleurs dans sa chambre. Elle essayait vainement de fermer une robe à fleurs que Marie ne lui connaissait pas. Cette robe virginale avait jadis été faite pour une taille de guêpe. Elle avait un côté désuet, et Laurencine, l'aspect insolite d'une enfant ayant vieilli trop vite. La vieille dame s'agaçait, s'énervait, s'acharnait sur la fermeture.

Un autre jour, Laurencine regarda fixement sa fille et susurra, d'un air mutin :

— Je me promène avec lui, sur la digue.

La digue. Cette histoire se passait donc au bord de la mer. Elle répondait à ses questions à côté, ailleurs ; mais cet ailleurs était plus que jamais associé à cet homme.

Elle était jeune, très jeune. Et elle l'aimait. Il était devenu son idée fixe. Le reste, sa famille, ses morts, sa vie d'aujourd'hui, tout était effacé. Plus rien ne l'atteignait, rien, sauf ce souvenir. Bientôt le village eut un nom : Ostende, en Belgique. Marie ne se souvenait pas y être allée avec sa mère. Avec des amies, certes. Mais ses parents l'emmenaient vers les plages de France, vers Bray-Dunes, près de Dunkerque, ou sur la Côte d'Opale.

Un jour, Laurencine lui déclara :

— Je veux y aller.

Marie refusa. Alors, ce matin-là, sa mère décida de se taire à nouveau. Elle avait délivré un trésor, elle en sortait épuisée.

Lorsque sa fille lui proposait une promenade, elle sortait de son monde de silence et prononçait le nom « Ostende ».

Il lui arrivait de s'agripper à Marie comme une enfant à qui l'on a promis une récompense, et auprès de laquelle l'adulte a oublié de tenir sa promesse.

Souvent, elle était immobile, bien droite sur sa chaise, son sac sur les genoux, prêtant l'oreille à des bruits silencieux.

Marie lui demandait avec douceur :

— Qu'y a-t-il, maman ?

Laurencine mettait un doigt sur sa bouche et murmurait :

— Chut !... Les vagues...

Son état empira. Seuls deux mots sortaient de ses lèvres entrouvertes : « Jan » et « Ostende ».

Marie chercha de l'aide auprès de son mari et de son frère. Le premier était trop occupé et préoccupé par son travail.

Quant à son frère, la distance effaçant les inquiétudes, il lui conseilla de placer leur mère en maison de retraite.

Alors elle l'emmena chez elle, pour quelques semaines. Ils lui aménagèrent une grande chambre, celle de leur aîné qui ne vivait plus sous leur toit. Mais aussi bienveillant que fût le conjoint de Marie, ce fut pire.

Laurencine n'admettait pas que sa fille vive avec cet « étranger ». L'étranger, lui, restait stoïque. Elle finit par se poster à la porte de l'appartement et voulut à toute force rentrer chez elle ; ce qu'elle obtint.

Marie décida donc, l'âme brisée, de la faire entrer dans un établissement spécialisé. Elle avait si peur de perdre sa mère. L'âge ne faisait rien à l'affaire. Plus elle vieillissait, plus elle s'y attachait. Elle ne pouvait admettre l'issue fatale.

Marie parlait fréquemment à son père disparu. Elle le sentait si proche, si présent. Leur dialogue se poursuivait dans l'au-delà, et leur amour perdurait.

Un matin, Marie se présenta à la porte de Laurencine, prête à l'emmener dans cette maison. Elle s'attendait à des pleurs, ceux de sa mère, mais aussi les siens. Son propre cœur n'était déjà plus que larmes depuis des semaines.

Mais Laurencine était assise à la table de la cuisine, habillée de son petit tailleur du dimanche. Elle tenait fermement son sac bordeaux entre ses bras, comme un enfant. Marie se demanda soudain d'où provenait ce sac qu'elle connaissait depuis sa propre enfance. Peut-être un présent de cet inconnu, Jan, un Belge sûrement, rencontré à Ostende alors qu'elle n'était encore qu'une jeune fille.

Sa mère la regardait fixement, d'un petit air buté qui la faisait paraître très jeune. Ce n'était plus la vénérable vieille dame de quatre-vingt-cinq ans, mais une gamine fougueuse et coquine de seize ans. Une lueur presque inconvenante, et tout à fait indigne, brillait dans ses prunelles claires. Etait-ce un bras de fer ?

Marie sentit qu'elle allait craquer. Trop. C'était trop.

Et elle-même vieillissait.

Elle s'était efforcée de ressembler à ces modèles des magazines qui prônent la perfection féminine, afin de satisfaire son homme et ses enfants. Elle avait connu la libération de la femme, mais, depuis des années, la femme se dupait et n'avait jamais autant été prisonnière d'images. A Eve la diablesse, à Marie la sainte avait succédé la *superwoman* érotique. L'homme étant par excellence trop accaparé par un travail d'esclave moderne – lui aussi était à plaindre –, elle avait fait en sorte d'accomplir le sien en cumulant les fonctions de mère parfaite, de femme de ménage exemplaire, d'épouse irréprochable et d'amante libérée. Tout en gardant la taille fine exigée par ces nouveaux censeurs modernes. Elle avait donc approché la perfection, tout en culpabilisant constamment de ne pas y accéder. Marie se sentait fatiguée de son rôle, si fatiguée ! Il lui fallait l'air du large, à elle aussi.

Lorsqu'elles partirent toutes les deux, ce matin-là, dans la voiture de Marie, elles ne prirent pas le chemin prévu. Elles filèrent vers la côte.

Dès leur arrivée à Ostende, Marie retint une chambre d'hôtel. Elles y déposèrent leurs sacs. Marie n'avait aucune idée de la longueur du séjour, et n'avait pas précisé à sa famille la date de leur retour. Elle s'en était trouvée comme libérée.

Elle s'offrait, ou plutôt sa mère lui offrait, des

vacances inattendues et bienvenues. Une respiration, une parenthèse dans sa vie de femme parfaite.

Quant à Laurencine, elle affichait un petit air satisfait. Elle s'accordait, elle aussi, la récréation tant attendue, l'ultime plaisir, avant de tirer définitivement sa révérence.

Sur la digue, Laurencine sembla d'abord perdue. La ville avait tellement changé. Il ne restait guère de ces petites maisons anciennes au charme d'un autre siècle. De grands immeubles avaient envahi le bord de mer et enlaidi la côte. Mais la digue, elle, était toujours là, veillant à discipliner les marées.

Elles marchèrent longuement sur la plage à marée basse.

Marie respectait son silence. Peu à peu, surprise, elle sentait renaître en sa mère des ardeurs disparues. L'iode sans doute la revivifiait.

Elles déjeunèrent dans un petit restaurant sur la digue. Le seul ouvert. Marie était heureuse de leur escapade. De temps à autre, sa mère se tournait vers elle et lui adressait un sourire de reconnaissance. Son expression était si belle, si émouvante, que plusieurs fois elle dut se retenir pour ne pas fondre en larmes.

Marie appréciait ces fins d'après-midi au bord de la mer, lorsque l'air se fait plus frais, que le soleil miroite une dernière fois sur l'eau et s'éteint doucement dans une lumière crépusculaire et irréelle, ouverte au songe. Alors, ne compte plus que ce léger souffle, le halètement des vagues, et cette immensité mouvante. Et elles deux, devant ce miracle, devant les sillages tracés par la marée.

Soudain, deux chevaux apparurent, galopant au bord de l'eau. Magnifiques.

Elle sentit la main fripée de sa mère prendre la sienne. Que c'était doux. Marie ne savait plus laquelle était l'enfant, laquelle était la mère. Peu importait. Leur communion, leur tendresse seules comptaient. L'amour. C'était cela, l'amour ; il n'avait pas d'âge, pas de rides, pas de temps, il était là, pour toujours.

L'astre solaire disparut.

La plage était déserte. Ce n'était ni l'été, ni le week-end. Le bruit des vagues accompagnait leur marche solitaire. Leur silence était apaisant. Les paroles étaient devenues inutiles, voire impertinentes. La marée montant, elles achevèrent leur promenade sur la digue.

Au loin, on apercevait quelques maisons basses, enfoncées dans le sable des dunes.

Marie allait faire demi-tour, guidant Laurencine. Elle se sentait un peu triste de ne pas avoir été au bout du rêve de sa mère. Mais qu'attendre encore après soixante ans ?

A ce moment précis, la longue main vieillie se crispa sur la sienne. Le corps de Laurencine se raidit, et ses yeux se brouillèrent.

Marie sursauta, craignant une attaque.

Mais non, sa mère rougissait, simplement, comme une jeune fille, tandis que son bras se levait et que son doigt pointait vers le bout de la digue, en direction d'une petite maison blanche et basse dissimulée dans les dunes. Une vieille maison de pêcheur, sans doute.

Marie lui demanda :

— Tu as vu quelque chose, maman ?... Cette maison ?

Laurencine ne répondait pas.

Elle semblait fascinée par la vue qui s'offrait à elle. Marie la crut à nouveau plongée dans ses rêves. Que voyait-elle ? Peut-être un fantôme. Mais il lui était réservé. Et jamais elle ne pourrait partager cette image avec elle.

— Il faut rentrer tu sais, le soir tombe, tu vas prendre froid.

Laurencine restait immobile, statufiée.

— Viens, maman. Je t'en prie.

Il eût fallu plusieurs hommes pour déloger ce corps qui s'accrochait obstinément à sa vision.

Alors, tandis qu'elle s'apprêtait à s'asseoir au bord de la digue pour attendre le bon vouloir de sa mère, celle-ci lui dit :

— La maison, c'est la maison de Jan.

— Bien, maman, on y va.

Une larme perla sur la joue de Laurencine ; elle se tut un instant, et murmura :

— Oui, oh oui !

Elles marchèrent jusqu'au seuil de la maison.

Marie était inquiète. Elle craignait les désillusions.

Il serait mort, depuis longtemps. Ou bien, s'il vivait encore dans cette petite maison basse du bord de mer, il ne la reconnaîtrait pas.

L'avait-il aimée, du reste ?

Oui, il était mort. Mais sa sœur était là. Elle se

souvenait de Laurencine. Elle se la rappelait d'autant mieux que son grand frère ne l'avait jamais oubliée. Pourquoi ne s'étaient-ils pas mariés ? Ni l'un ni l'autre ne l'avait jamais su.

Ils s'étaient rencontrés sur la digue.

Elle avait seize ans. Lui, un peu plus. Ils s'étaient parlé, avaient marché le long de la plage, ils s'étaient embrassés. Ils devaient s'écrire…

Mais il n'avait jamais osé.

Il parlait flamand, comprenait un peu le français, mais ne l'écrivait pas.

Ils étaient proches pourtant. Elle était flamande, comme lui, mais française. Une frontière de langue surtout.

Elle avait bien tenté de retourner à Ostende, avec ses parents, l'année suivante. Mais cela ne se fit pas. Pourquoi ? Elle avait oublié. Et lui aussi sans doute, puisqu'il ne lui écrivait pas.

Avant de mourir, il avait laissé un mot pour elle. C'était un mot en flamand, mais la sœur, ayant travaillé de l'autre côté de la frontière, le traduisit sans difficulté.

Il lui expliquait son silence. Il lui disait son attente. Il ne s'était pas marié. Il l'aimait, pour toujours.

Marie regarda sa mère.

Son visage s'était transformé, il avait embelli. Elle portait à présent son âge avec panache. Marie comprit alors qu'elle lui avait offert son dernier cadeau, le plus beau peut-être.

L'ESTAMINET DE L'ANGE

Arrête-toi,
Entends ces noms étranges
aux consonances un peu dures pour toi
Toi qui chantes
Vois ces gens bizarres pour toi au visage
un peu rond de trop aimer la bière
dans ces maisons que l'on ferme,
Un peu trop, peut-être pour toi
Ces gens qu'on dit fermés de s'être protégés,
Ces gens sont des Flamands

Lorsque Laura attendit un enfant, son regard sur le monde se teinta de promesses et de bienveillance. Ce petit être en son sein – son avenir, sa joie, son espoir – ébranla ses principes, lui ouvrit l'univers et son océan d'interrogations.

Elle vivait jusqu'alors sans se préoccuper de ses ancêtres, ni même de ses grands-parents. Laura avait une excuse. Les siens étaient au loin, dans les Flandres françaises désertées par ses parents pour une ville ensoleillée du midi de la France. En fait, depuis de longues années, n'y vivait plus que sa grand-mère, Hélène.

Elle tenait, dans ces terres septentrionales, une ferme-estaminet. C'était une sorte de cabaret de campagne. Les clients s'y désaltéraient, mangeaient des tartines au beurre salé, ou des plats typiques de la région. Paysans et ouvriers y jouaient aux cartes, à des jeux anciens tels que les fléchettes, les boules ou le marteau. L'Estaminet était aussi le lieu de réunion de plusieurs associations, celle des archers, toujours vivace, et de musiciens. Espace de réjouissances, qu'Hélène, jadis très belle, et qu'on avait surnommée « la Belle Hélène », tenait de main de maître.

Elle y consacrait sa vie depuis la mort de son mari, Eugène, décédé vingt ans auparavant.

L'Estaminet faisait partie d'une vaste ferme à plusieurs bâtiments orientés pour former une cour ouverte aux deux extrémités. Ils possédaient quelques vaches, des poules et des truies.

Mais, submergée par le travail, Hélène n'avait gardé que l'estaminet et le corps d'habitation. Des voisins avaient annexé la ferme à leurs propres dépendances.

Les parents de Laura, Brigitte et Serge, n'y venaient plus ensemble. Hélène était de ces mères aimantes, un peu trop abusives. Elle n'avait jamais accepté que Brigitte lui vole son fils. Son attitude, inconfortable pour la jeune épouse, contribua largement à leur départ du Nord, peu après la naissance de Laura. Le père de Brigitte, un veuf aujourd'hui décédé, avait été très possessif, et la jeune femme ne supportait pas de retrouver cette emprise oppressante en la personne de sa belle-mère.

Durant ses six premières années, Laura passait régulièrement ses vacances dans le Nord. Elle demeurait essentiellement dans la ferme, en compagnie de son grand-père, et ne venait guère dans la salle vieillotte et sombre, tenue par Hélène.

Laura allait sur ses sept ans lorsqu'elle apprit, un soir de printemps, la mort d'Eugène, là-haut, dans les Flandres. Dès lors, le caractère d'Hélène empira. Elle n'accepta plus de la recevoir en vacances. Elle prétexta son travail permanent à l'Estaminet, et le danger de laisser une enfant sans surveillance.

Ce qui n'était pas faux.

A compter de cette année-là, les visites de Laura s'espacèrent. L'austérité, la sévérité de la grand-mère à l'égard de sa petite-fille semblaient s'être transformées en aversion. Peu à peu, Laura refusa de se rendre chez elle. Face à Hélène, elle n'était plus que crispation et balbutiements. Avec l'intuition très particulière des enfants, Laura savait qu'Hélène ne l'aimait pas. *Et elle en avait peur.*

En grandissant, elle garda l'image d'une femme autoritaire, d'une marâtre portant un masque tour à tour rigide ou grimaçant.

L'Estaminet de l'Ange, pourquoi ce nom ? Dans son esprit, il était devenu *L'Estaminet de la sorcière.*

Elle se disait : « Elle est comme ça, c'est une méchante », et elle s'en tint là.

De son grand-père lui restait un visage extraordinaire, mythifié. Un être exceptionnel. Son papa, Serge, devait lui ressembler. Devait…

En fait, de ses premiers souvenirs ressurgissait surtout une mauvaise chute de vélo. Un pied cassé, mal réparé, qui lui avait laissé une marque indélébile. Laura boitait, définitivement. Et avant sa chute, c'était le trou noir. Le vide. Elle souffrait de n'avoir conservé aucun de ces souvenirs heureux de vacances, nostalgie du temps où le grand-père vivait, tels des odeurs de foin, des soins aux bêtes à l'étable, des pêches à la grenouille. Il y avait bien sûr quelques photos, des anecdotes entendues et qu'elle tentait de faire siennes, qu'elle entremêlait de rêves.

Plus tard, elle apprit que sa chute avait déclenché deux semaines de coma, causant l'amnésie dont elle souffrait.

En discutant avec ses amies, elle s'aperçut que leur petite enfance demeurait imprécise et prenait, chez elles aussi, une forme irréelle. Elle ne s'en inquiéta plus.

Mais un enfant vous ouvre des portes sur le passé et sur l'avenir, vous invite à réfléchir. Ces petits sont porteurs de notre histoire, et l'histoire de Laura comportait des failles. Elle devait les combler pour son enfant, pour être en règle avec elle-même.

Elle ressentait tout cela, en sortant de chez le médecin.

Brusquement, à vingt-six ans, il lui semblait émerger d'une brume épaisse et soporifique. Elle vivait jusqu'alors au jour le jour, accumulait les histoires d'amour, plus ou moins heureuses, délaissait, comme toute jeune fille de son âge, sa famille au profit de ses amis.

Son compagnon accueillit la nouvelle comme elle l'espérait. Amoureux l'un de l'autre et conscients des nouvelles responsabilités que la naissance allait provoquer, ils décidèrent de se marier. Les parents en furent rassurés. Et se posa très vite la question du mariage, du lieu, des dates, des invités. Faire bouger la grand-mère s'avérait irréalisable, mais Laura sentait que son père, Serge, gardait une déchirure au fond du cœur.

C'est à ce moment-là qu'elle décida de monter dans

les Flandres. Le mariage était un formidable prétexte pour se réconcilier. Un trésor mûrissant en elle, elle voulait comprendre la mésentente qui s'était installée.

Etait-il possible que cette femme se soit à ce point aigrie à la mort du grand-père ? Pourtant l'Estaminet, au dire de Serge, faisait salle comble. Il avait la réputation d'être le meilleur dans la région, et sa tenancière était aimée de ses voisins et clients. Pourquoi n'aimait-elle pas les siens ?

Et Laura en particulier ?

Dans sa petite voiture, en ces premiers jours d'été, Laura repensait à ses souvenirs d'enfance. Elle se rappelait bien l'Estaminet pour y être revenue une ou deux fois après sa guérison, en compagnie de ses parents, mais des années s'étaient écoulées depuis sa dernière visite. S'imposait à son esprit l'image de la grand-mère postée derrière son comptoir de cuivre. Ses paroles sèches et coupantes. Son œil, surtout, plein de haine en la toisant. *Que lui avait-elle donc fait ?*

Son père n'en disait rien, sinon un immuable et irréfutable adage :

« Elle est comme ça. Elle a souffert, faut pas lui en vouloir. »

Cela ne suffisait pas à Laura. Cela ne lui suffisait plus. Elle gardait en elle une désagréable impression de silences et de secrets.

Alors, Laura lui écrivit. Elle lui annonça sa venue et n'attendit pas de réponse pour se lancer sur les routes. Un refus lui aurait été trop pénible.

Arrivée sous la pluie, en ce jeudi soir, elle faillit faire demi-tour. Qu'allait-elle faire dans ces brumes lointaines ? Frileuse comme sa mère, elle entendait encore ses reproches :

« Tu veux donc attraper la mort ?

— Maman ! Pourquoi ne viendrais-tu pas avec moi ?

— Trois jours là-haut, et je déprime !

— Tu exagères !... Ce n'est pas le pôle Nord, tout de même ! »

Elle avait bien fait de venir seule. Elle ne serait influencée par quiconque pour réfléchir, et comprendre, peut-être. Elle avait suffisamment écouté les opinions des autres. Il était temps d'avoir la sienne.

Le tonnerre grondait, la pluie tombait violemment. Sa mère eût été confortée dans son obstination. Vers les six heures, le ciel était tellement obscurci par la tempête et les nuages, semblables à d'immenses masses noires et inhospitalières, que l'on se serait cru au milieu de la nuit.

L'Estaminet était au bout d'un petit chemin mamelonné. Deux fois de suite, égarée, il lui fallut demander la route. Au nom du lieu-dit, et de l'Estaminet de l'Ange, elle n'eut guère de succès, mais à celui de sa grand-mère, les langues se délièrent :

« Ah, chez Hélène ! Bien sûr !... »

Autour d'elle, les noms des localités revêtaient une apparence étrangère, aux consonances flamandes, qu'elle peinait à prononcer. Et pourtant on était encore en France. Lorsqu'elle avait évoqué son voyage à sa meilleure amie, celle-ci s'était exclamée, stupéfaite, avec son petit accent chantant :

« La Flandre ? Je croyais que c'était en Belgique ! »

Le Nord, Laura n'y venait guère. Ce n'était, selon les dires, qu'une vaste plaine. Qui savait que « le plat pays » était aussi, à l'approche de la frontière belge, parsemé de monts et de bosquets, cachant des fermes bien entretenues ? L'Estaminet se nichait entre deux de ces fameux monts des Flandres, collines issues du retrait de la mer dans les anciens millénaires. Collines dont les Flamands de France s'enorgueillissaient, collines appelées pompeusement « monts », et totalement ignorées du reste du pays.

Bientôt, elle aperçut le haut du toit de tuiles vernissées de l'Estaminet de l'Ange, à l'aspect vieillot, qui en faisait aujourd'hui la coqueluche des flâneurs et des touristes. Les fenêtres étaient éclairées. Il devait y faire bon vivre, lorsqu'il ne pleuvait pas...

Elle s'arrêta à l'entrée du chemin, décida de laisser son sac de voyage dans le coffre. Elle reviendrait le chercher plus tard, si la grand-mère ne l'avait pas mise à la porte.

Par intermittence, des éclairs jouaient avec la foudre. Son parapluie ? Elle l'avait oublié. Elle pataugea dans une flaque d'eau en sortant de la voiture, grommela contre la boue. C'est à ce moment-là qu'un nom venu de très loin déferla dans son esprit : « clyte ». D'où le sortait-elle ? Il lui semblait que cela signifiait « boue », en flamand.

Etait-ce une première réminiscence d'un passé effacé ?

Avant d'entrer, elle mesura toute son imprudence. Elle n'avait pas attendu de réponse. Serait-elle la bienvenue ? Hélène l'effraierait-elle encore ? La garderait-elle ? Etait-elle seulement là ?

Dès qu'elle ouvrit la porte, elle se sentit pénétrée d'une atmosphère inattendue, étrangement familière et rassurante. Son appréhension s'évanouit. Presque l'impression de rentrer chez elle.

Etait-ce la lumière succédant à l'obscurité ? La chaleur du gros poêle, alors qu'au-dehors la pluie trempait la nature et les êtres ? Les petites nappes à carreaux rouges et blancs, les murs décorés d'inscriptions et de gravures délicieusement rétro ? Etait-elle empreinte de nostalgie, ou la grand-mère s'était-elle mise au goût du jour, en rajeunissant l'intérieur, jadis sombre et inhospitalier ? Des guirlandes faites de tresses de houblon pendaient entre les poutres du plafond.

Elle la reconnut immédiatement derrière son comptoir massif. Les formes opulentes, la robe-tablier à fleurs qu'elle devait porter depuis toujours, fidèle à son poste. Elle servait une bière en plaisantant avec un bon client. Elle leva les yeux, interrompit son geste, renversa du liquide sur le comptoir.

Laura se sentit jaugée de la tête aux pieds. Le visage d'Hélène se transformait au gré de sentiments contradictoires . la stupéfaction de découvrir une jeune et jolie femme en face d'elle – Laura n'était plus venue depuis l'âge de dix ans –, un ravissement qui dériva aussitôt, évolua vers un masque revêche, tristement familier. Les joues rondes de la vieille femme s'étaient brusquement affaissées en un air désobligeant.

Laura réprima l'envie de faire demi-tour et se lança :

— Grand-mère, je suis Laura.

— Je t'avais reconnue, ma fille.

Un lourd silence prit possession des lieux. Le visage tourné vers les deux femmes, les vieux habitués s'attendaient au pire. On n'entendait plus que la pluie martelant les vitres. Un éclair illumina la pièce, précédant de violents coups de tonnerre. Ils vibrèrent, claironnèrent, et impressionnèrent l'assemblée.

— Grand-mère, pourrais-tu...

Hélène l'interrompit, d'une voix sonore et coupante :

— Installe tes affaires dans la chambre bleue... Tu te souviens ?

— Oui.

— Je dois finir mon travail, nous nous verrons ce soir.

— Merci. Je... je vais les chercher dans la voiture.

Le dialogue s'arrêta.

Rassurés, les habitués reprirent leurs bruyantes conversations, tentant d'exorciser l'électricité ambiante et de surpasser le tonnerre. Laura soupira. Elle ne pouvait espérer mieux. Hélène ne lui refusait pas l'hospitalité. Pourtant, que de fois durant le trajet avait-elle rêvé qu'Hélène l'attendait sur le seuil de la porte et lui tendait les bras !

Elle pataugea une nouvelle fois dans la boue, pesta

et revint s'installer. Un couloir séparait les pièces d'habitation de la salle offerte aux consommateurs.

Elle monta à l'étage.

Tout ici respirait les souvenirs, « ils devraient revenir ! ».

La petite chambre bleue était celle, jadis, de ses parents. Rien n'avait changé depuis sa dernière visite. Le lit à deux places, et son énorme édredon rouge grenat, la table de toilette recouverte de marbre, les rideaux de guipure, intimes.

Retour vers le passé, vers les siècles passés. Une chambre délicieusement vieillotte et coquette, comme l'Estaminet. Il n'y manquait qu'un petit matelas, le sien...

Assise au bord du lit, elle s'interrogeait sur sa présence.

Allons ! Ce n'était plus l'heure des atermoiements. Elle rangea ses affaires dans la lourde armoire de chêne. Avant d'en refermer la porte, elle se mira devant la glace : oui, elle s'était reconnue dans le visage rond de la femme du Nord.

Soudain, elle sursauta.

Ce n'était que le carillon de la cuisine, dont le balancier oscillait et ponctuait inexorablement le temps.

Il se produisit alors en elle un étrange apaisement.

Une image surgit dans sa conscience : son grand-père, bien droit dans son fauteuil, près de la vieille horloge.

Il était tard lorsque Hélène ferma la porte derrière les derniers consommateurs. Ils s'étaient attardés à cause de la tempête qui faisait rage. Les éléments déchaînés n'incitaient personne à s'aventurer au-dehors.

Il fallut pourtant s'y résigner.

— Bien le bonsoir, Hélène, bonsoir, mademoiselle Laura ! On va mettre des œufs à Sainte-Claire, pour avoir le temps clair !

« Est-il possible qu'à l'aube du troisième millénaire on croie encore à ces superstitions ? » songea Laura, revenue dans la salle de l'Estaminet.

Elle aida sa grand-mère à fermer les volets, elles combattirent les rafales et se réconfortèrent dans la cuisine, d'une soupe préparée par Hélène.

La conversation s'engagea difficilement. La Flamande ne se livrait guère aisément, c'est le moins que l'on puisse dire.

Au bout de cinq interminables minutes, pendant lesquelles on n'entendait que la tempête claquant sur les volets et les oscillations du balancier de l'horloge, Hélène lui demanda si elle comptait rester longtemps.

— Une semaine ?

— Très bien, répondit la Flamande.

Et Laura se sentit désarmée.

Hélène était une femme toute en rondeurs, si ce n'était son caractère épineux.

Laura réalisa qu'elle tenait ses yeux de la vieille dame. Elle se mit à espérer, bien malgré elle, que son enfant porterait le même regard aux couleurs bleu de perle.

Le vent soufflait très fort, il martelait les portes des maisons, rugissait pour violer les intimités. Un coup violent l'effraya.

— Allons, ce n'est rien. Ce n'est que le vent.

— Il est brutal.

— Mais vital, ma fille, pour les marins. Cette démesure fait partie de chez nous, tu le comprendras vite. Sais-tu ce que l'on raconte ? On dit qu'il transporte la complainte des âmes, comme il emportera les fils de la Vierge, pour en faire de la dentelle.

Et tout en prononçant ces paroles – étranges dans la bouche de cette femme forte et raisonnable –, Hélène alla caler une chaise contre la porte d'entrée.

— Que fais-tu, grand-mère ? Il y a un gros verrou.

— On n'est jamais trop prudent.

Le lendemain, le miracle se produisit. Laura se réveilla très tôt. Elle resta allongée, douillettement emmitouflée sous le gros édredon de plume, les yeux ouverts. Elle entendit le carillon sonner les six heures. Alors elle se jeta hors du lit, avec une énergie débordante.

Elle ouvrit les volets sur une aurore qui s'annonçait comme une féerie de lumières aux couleurs changeantes. Les oiseaux s'égosillaient, émerveillés eux aussi de ce matin paradisiaque. Elle reconnut la luminosité des ciels à la Vermeer, parcourus par des flottilles de nuages joufflus et cotonneux. Elle assista au lever du soleil sur les pentes du mont. Le printemps baignait l'atmosphère de sa douceur, il argentait, de façon inimitable, les saules. Un léger parfum émanait du sol. Nulle trace de la tempête, nulle trace de la grisaille décriée par sa mère. Aujourd'hui, heureuse de ce petit être qui naissait en elle, elle voyait sa région natale avec des yeux neufs et vierges.

Elle s'étira langoureusement et se sentit prête pour un énorme bol de café et de chicorée, accompagné de tartines bien beurrées. Ce jour-là, comme la veille, Hélène lui parla peu. Laura lui annonça cependant la naissance prochaine, son mariage, et l'invita.

Hélène se troubla un instant.

... Venir ?... Elle verrait. Elle éluda la question.

Laura mourait d'envie de lui demander des comptes. Pourquoi cette acrimonie à son égard ? Que lui avait-elle fait, enfant, pour attirer sa méfiance et son inimitié ? Une petite voix intérieure lui susurrait qu'un secret existait, à l'origine de cette mésentente, et cette même petite voix lui conseillait d'attendre, de mieux la connaître, de l'amadouer, de l'apprivoiser peut-être.

Dans la journée, Laura profita de sa solitude pour faire le point sur son avenir. Elle marcha, beaucoup. C'était bon pour son état, bon pour sa tête aussi. Un plaisir neuf, presque charnel.

Elle combattait l'irrégularité de sa démarche à l'aide d'une canne.

Un réseau de chemins encaissés entourait l'Estaminet. Des ruisseaux couraient dans le paysage aux ciels mouvementés. Des chaumières éparses, aux couleurs pimpantes, surgissaient des buissons au hasard de sa promenade, ponctuaient ses pas. De petits oratoires de brique – chapelles abritant madones ou saints – étaient érigés au coin des routes. Un peu plus loin, une myriade de corolles bleu pervenche, celles de la fleur de lin, pigmentaient la plaine et attendaient la récolte.

Elle aima les douces nuances du soir, elle aima lorsque le soleil s'affaissa derrière les collines, elle aima les ormes aux fins rameaux, les saules argentés bruissant avec le frôlement léger de la brise, et des ombres mouvantes qui parcouraient le paysage comme des feux follets.

En cette heure dite « entre chien et loup », de suaves effluves émanaient des arbres. Alors, faute d'aimer encore Hélène, elle aima, à nouveau, son pays natal.

En rentrant, Laura découvrit une bicyclette d'homme dans la grange. C'était un vieux vélo, tout bête, tout triste, dégingandé, comme son grand-père. Elle sut immédiatement qu'il lui appartenait, cet engin chéri, usé, puis abandonné, posé là un jour et oublié de longues années. Elle éprouva le désir de s'en servir pour aller plus loin dans ses découvertes, et s'en empara. Au même instant, la grand-mère sortit comme une folle de l'Estaminet.

— Repose ce vélo où tu l'as pris ! s'exclama Hélène, rouge de panique.

Ses yeux étaient couleur de l'acier.

— C'est celui d'Eugène ! On n'y touche pas !

Le jour qui suivit, Laura voulut rompre le malaise et lui proposa de l'aider. A sa grande surprise, Hélène ne s'y opposa pas et lui accorda son premier sourire.

C'est ainsi que, ce samedi-là, Laura apprit à composer des tartes à la cassonade, à cuisiner le *potjevleesch*, ce plat de viandes froides en gelée de genièvre. A son tour, elle beurra les tartines, ces fameuses planches flamandes que l'on pouvait consommer à toute heure. Elle ignorait qu'il existât autant de sortes de bières, toutes locales, aux noms étranges et insensés telles « la Queue de charrue » ou « la Mort subite ».

— Et encore ! disait Hélène, jadis, il y en avait dix fois plus !

Elles avaient très peu d'intimité. Le midi, elles déjeunèrent dans la salle, tout en servant les consommateurs, et le soir, après une soupe, elles regardèrent un peu la télévision, mais la grand-mère s'endormit devant l'émission.

Hélène se levait avant l'aube pour recevoir ses premiers clients. Elle continuait, par habitude, à ouvrir la porte à six heures, comme à l'époque où les ouvriers marchaient des heures durant avant le lever du soleil, mais cela faisait des lustres qu'ils ne marchaient plus, qu'ils passaient après sept heures, avant de gagner leur pain, la gorge réchauffée au genièvre.

Il n'y eut aucun incident autre que celui du vélo. Le temps, pour Laura, s'égrenait au rythme de la vieille horloge. Elle réapprenait la détente, l'écoute d'elle-même.

Elle observait aussi, beaucoup, et surtout Hélène. Le caractère de celle-ci semblait s'être adouci, mais elle restait méfiante et maladroite envers sa petite-fille. Elle ne lui posait guère de questions sur sa vie, son futur mari, son travail. Elle parlait peu, mais toujours avec franchise. Elle ne cessait de travailler.

Elle était la reine de ce petit monde. Vigilante envers chacun, elle accueillait « ses gens » avec sourire et chaleur. La musique faisait de l'Estaminet un lieu très convivial. On s'adonnait aux cartes, aux fléchettes. Tout était occasion de se réjouir, d'oublier les problèmes et la désolation ambiante ressassés par les médias. Dans ce havre de paix, le plaisir était privilégié. Le chef d'orchestre de cet hymne à la joie n'était autre qu'Hélène. Sa pudeur ne l'empêchait pas de pousser la chansonnette avec ses bons vieux clients, sa « famille ». En Laura se mêlaient alors des sentiments confus, de l'affection naissante et une pointe de dépit.

Le dimanche, l'Estaminet ne désemplit pas, et les bavardages ne tarirent pas. Toutes les tables étaient occupées. Sur le terre-plein devant le café fut organisé un jeu de boules. A la fin de chaque partie, les concurrents, dont deux gendarmes, rentraient en se bousculant, pour descendre un verre de bière à la santé du gagnant, lequel payait la tournée. Le soir, ils tenaient encore debout. Les deux femmes se surprirent à rire ensemble.

Le lundi, ce fut le ballet ininterrompu des brasseurs.

— Et cela dure depuis des siècles ! lui apprit la vieille flamande.

Elles allèrent au village. Des maisonnettes de briques roses jouxtaient les hautes perches caractéristiques des houblonnières, dont la plante grimpait, s'enroulait comme une liane sur les fils de fer, et Laura fut surprise par les façades aux pignons en « escalier ».

— « A pas de moineaux », rectifia Hélène.

— C'est beau, comme les tableaux flamands et hollandais du dix-septième siècle.

— Tu aimes ? demanda-t-elle, le visage épanoui.

— Oui ! J'ai l'impression que cela m'a toujours été familier. Et que signifient ces signes sur les murs ?

— On dit qu'ils sont le langage de nos ancêtres, personne ne peut les prononcer, c'est réservé sans doute aux âmes de l'au-delà.

Laura regarda attentivement sa grand-mère.

Etait-elle en train de changer, ou commençait-elle vraiment à la découvrir ? Elle n'était pas celle qu'elle avait imaginée.

Le soir, elles se partagèrent gaiement des crêpes flambées.

— Je ne suis pas sûre que le genièvre soit idéal pour mon enfant !

— Allons, pour une fois ! Le genièvre ravigote et chasse le démon, disait ma grand-mère ! s'exclama Hélène en riant.

Oui, elle s'adoucissait d'heure en heure.

Mais Laura n'osait encore aborder ses sujets de préoccupation. Elle craignait un retournement d'humeur. Un silence, définitif. Elle avait entrouvert une porte et ne voulait pas qu'elle se referme. La prudence était de rigueur. Mais le temps s'écoulait, il lui faudrait bientôt partir.

De nouveaux souvenirs s'étaient dessinés devant ses yeux, face au pêle-mêle oublié dans la salle à manger, elle-même désertée.

Dans ce cadre, des photos l'avaient surprise. Elle s'y reconnaissait, petite fille, avec ses parents, mais aussi avec son grand-père. Lui revint en tête un souvenir de kermesse.

Un géant, porté par des hommes dissimulés sous sa jupe, fonçant sur elle, sautillant. C'était l'un de ces personnages de carton-pâte, légendaires, magiques, effrayants, que l'on sortait lors des fêtes. Elle avait très peur. Son grand-père l'empoigna, la hissa sur ses épaules.

« Tu vois, c'est toi qui es grande maintenant, c'est toi qui lui fais peur. »

Avait-elle rêvé ces paroles, leur connivence ? En elle se mêlaient allégresse et nostalgie. Et puis le vélo atterrissant dans le fumier, tous deux se lavant dans la mare pour éviter de rentrer crottés et subir les foudres d'Hélène. La complicité, encore et toujours, au dépens, souvent, de cette femme.

Et tous deux encore, devant un moulin de bois, sur pivot, aux longues ailes frémissantes dans le vent du nord. Le grand-père tenait son vélo à la main.

Et soudain, tout bascula. A la joie de retrouver un grand-père tendresse succéda une sourde angoisse. Ce vélo était-il la cause de sa chute ? N'avait-elle le sien ? Elle se souvenait des paroles de son père :

« Tu as fait une sérieuse acrobatie, tu aurais pu y laisser la vie. »

Le grand-père était-il mort dans cette chute, et non de maladie ? *N'en était-elle pas la cause ?*

On lui aurait caché la vérité pour ne pas la faire souffrir et culpabiliser sa vie durant. Dans ce cas, la grand-mère avait une raison valable de lui en vouloir, de ne pas l'aimer, de ne plus l'aimer peut-être.

Le mardi, Hélène prétexta de longues courses. Mais les courses, elle les faisait tous les jours dans le village. Où allait-elle ?

Hélène pratiquait encore le vélo journellement.

Laura voulut l'accompagner. Hélène refusa, sèchement. La jeune femme crut discerner de la peur dans ses prunelles claires.

« Que craint-elle ? Que je la suive ? Mais où va-t-elle, dans ce cas ? »

Celle qu'elle avait crue méchante était une écorchée. Elle cachait son chagrin. Elle dissimulait un drame.

Laura devait savoir. Quoi ? Elle l'ignorait, mais elle en ressentait la nécessité par tous les pores.

Le secrétaire de la salle à manger ne pouvait être que l'endroit où se camouflent des secrets. Ce secrétaire-bureau était celui de son grand-père. Comment le savait-elle ? Il lui revint une nouvelle image à l'esprit. Il y travaillait. Elle était en dessous, entre ses jambes, elle adorait fouiller sa poubelle.

Elle se pencha, la poubelle était toujours là, vide.

La clé ouvrant les tiroirs était posée dans un cendrier. Elle découvrit des factures, banales, des paiements à un hôpital de la région, pour la maladie du grand-père sans doute, rien n'était précisé. Quelques papiers au nom de monsieur et madame Eugène... Elle ne se ferait jamais appeler ainsi : madame Eugène !... Elle revendiquait son nom propre, et son prénom. Monsieur et madame ? Ces papiers étaient récents... Il devait y avoir une erreur.

Une folle pensée lui vint à l'esprit : « MON

GRAND-PÈRE EST VIVANT. » Non, c'était impossible !

Il était mort depuis si longtemps ! Elle prit conscience de son ignorance. Elle ne savait rien, n'avait jamais rien voulu savoir, ne s'était intéressée jusqu'alors qu'à sa petite vie tranquille et mesquine.

Au retour d'Hélène, elle lui demanda, mine de rien, où était enterré le grand-père.

— Au cimetière du village, mais c'est pas la peine d'y aller, te fatigue pas. Il n'y est plus, de toute façon.

— Il n'y est plus ?

— Son âme n'y est plus.

— Oui, bien sûr, répondit-elle, en bafouillant. J'aimerais faire un tour, plus loin, demain, mais sans voiture. Peux-tu me prêter ton vélo ? Ou celui de grand-père…

— Non ! Prends le mien, mais où veux-tu aller ?

— Longer les monts, et les champs de houblon.

— Oui, mais… fais attention à toi maintenant… Tu as le petit avec toi ! dit-elle, en lui effleurant le visage de sa main.

Laura se sentit près de fondre en larmes. Pour la première fois, Hélène lui dévoilait sa vraie tendresse.

— Promis, grand-mère !

Leurs différends se dissolvaient. Seules les causes en étaient encore inconnues.

Le cimetière s'égrenait autour et à l'arrière de la petite église. Laura faisait le tour des tombes, lorsque la pluie se mit à tomber. Elles étaient toutes très vieilles, trop vieilles. Elle entra dans l'église. Elle eut de la chance. Le curé y était. Un autre cimetière existait depuis trente ans.

— Vous n'êtes pas d'ici, mademoiselle.

— Je suis la petite-fille d'Hélène, de l'Estaminet de l'Ange. Peut-être savez-vous où est enterré mon grand-père ?

— Je ne suis là que depuis six ans, je remplace le vieux curé qui est mort, mademoiselle.

Mais il lui indiqua la route. Elle s'y rendit à vélo, sous une pluie ruisselante. Au bout d'un moment, trempée jusqu'aux os, elle trouva une concession, à leur nom de famille. Une sensation dérangeante l'envahit. Son père y viendrait-il ? Sa mère sûrement pas. Que faisaient les couples dans ce cas ? Avec la vie dispersée d'aujourd'hui ! Un problème qu'elle n'avait encore jamais envisagé.

En dessous du nom de famille étaient inscrits, en petits caractères, les prénoms d'Hélène et d'Eugène, avec leur date de naissance.

Laura resta figée de stupeur. Aucune date de décès n'était indiquée. Avait-on oublié celle du grand-père ?

Non.

Eugène n'était pas mort.

Ce jeudi-là, décidée à connaître le fin mot de l'histoire, Laura repoussa son départ de quelques jours. Hélène s'en réjouit.

— Mais ne sors plus sous la pluie ! C'est trop mauvais pour toi, et le bébé !

— Il fait très beau aujourd'hui.

Hélène, elle, sortit à nouveau, à vélo.

Laura la suivit de loin, à pied. Elle craignait de se faire reconnaître, en auto. Malgré ses efforts, elle la perdit de vue. Mais les Cieux étaient avec elle. Avec la pluie de la veille, et la fameuse clyte, les roues creusaient des sillons, et les traces furent constamment visibles. Laura marcha longtemps, négligea la sensation de crampe au mollet, due à sa légère claudication.

Au loin, se profila une silhouette de brique. Un établissement de taille conséquente, lové entre campagne et ville.

Le vélo d'Hélène était à la porte. Laura n'eut que le temps de se rabattre contre le porche d'une annexe : Hélène reprenait son vélo et repartait vers l'Estaminet.

Tapie contre l'embrasure, elle consulta sa montre. Déjà cinq heures. Pourquoi n'avait-elle pas pris sa voiture ? Il lui fallait rebrousser chemin, si elle ne voulait pas inquiéter la vieille femme. Mais qu'était ce bâtiment ? Elle le contourna et resta en arrêt devant l'appellation sous le porche principal : « Centre hospitalier spécialisé... »

Un hôpital psychiatrique !

Elle devait en avoir le cœur net. Elle s'adressa au gardien :

— Bâtiment six, mais l'hôpital vient de fermer ses portes, il faudra revenir.

— Une minute ! Je vous en prie, j'en ai juste pour une minute !

— Trop tard, mademoiselle, l'heure c'est l'heure.

Elle resta immobile, sans dire un mot, bouleversée.

Et brusquement, elle repartit si vite, de sa démarche malaisée, que l'homme se demanda si elle n'était pas plus folle que les pensionnaires, souvent de braves gens, qui simplement n'osaient plus parler.

Il était tard lorsqu'elle arriva, essoufflée, échevelée, à l'Estaminet. Les derniers clients repartaient chez eux. Cette fois, la grand-mère était à la porte.

Elle l'attendait, inquiète. Elle l'accueillit dans ses bras.

— Je me suis fait du souci ! Je ferme, les gars, allez ouste, tout le monde dehors, vos femmes seront contentes !... Toi, ma petite, tu vas me dire ce qui se passe.

Laura ne répondit pas. Des larmes s'écoulèrent. Elle regarda la vieille dame avec une telle intensité qu'Hélène, interdite, s'affala sur la chaise.

— Tu m'as suivie.

— Oui.

— Tu sais, alors... Tu l'as vu ?

— Non, c'était fermé... Grand-mère, pourquoi me cacher la vérité, pourquoi ce silence...

— C'est ta faute, tout ça c'est ta faute !

Puis elle s'effondra et sanglota.

— Grand-mère ! Allons, je t'aime, grand-mère !

Ces mots étaient sortis malgré elle, mais ils étaient spontanés et vrais, sans doute. Elle entoura Hélène de ses bras.

— Raconte-moi, grand-mère, je t'en prie, raconte-moi !

Les yeux bleus d'Hélène virèrent au gris tourment.

— Lorsque tu étais là, ton grand-père ne s'occupait que de toi. Il te promenait sans cesse dans la campagne, près du moulin, sur son vélo. Il n'y avait plus que toi qui comptais, et peu à peu, il me délaissa. Il n'y avait plus que toi !

Sa voix devint presque inaudible :

— J'étais jalouse d'une toute petite fille. Un jour, il t'emmena sur les monts pour te faire voir, dit-il, « toute sa plaine de là-haut ». Le soir on vint me prévenir. Vous étiez tous les deux à l'hôpital. Lui, avec des ecchymoses, un coup sur le crâne, et toi dans le coma, un pied cassé. A partir de cet instant, il perdit la tête. Etait-ce le coup reçu, ou ton état critique ? Il rentra à la maison, mais il criait que tout était de sa faute, que tu allais mourir à cause de lui. Qu'il voulait mourir à son tour. J'essayais de le calmer, mais il entrait dans un état de fureur tel qu'à partir de cet instant il ne me regarda plus, ne me toucha plus, que pour me frapper. Une espèce de haine nous déchirait. Et pour moi, tout était de ta faute. Tu revins à la vie, mais cela n'arrangea rien. Tu boitais. Lui continua de délirer, de s'accuser, à tel point qu'un soir il voulut se jeter dans le feu, et je dus appeler les gendarmes. Le médecin me conseilla de le faire interner. Il devait rester sous traitement, et sous surveillance. Mon fils lui en voulait, ta mère encore plus. Il avait fait l'idiot en bicyclette, et tu étais estropiée. La honte l'avait fait virer à la folie. Il était devenu dangereux, parce qu'il croyait avoir brisé ta vie. Et cette chute détruisit la mienne.

» J'allais vivre seule, dorénavant, avec les silences et ma rancune. Je m'enfermai dans une geôle de ressentiment. La jalousie qui m'empoisonnait sournoisement se transforma en hostilité. Pour toi, cependant, je promis de dire qu'il était mort.

» Afin de te préserver. Une bêtise de plus. Je n'ai jamais osé en parler autour de moi, le bruit des rumeurs ne fait pas davantage de bien que les silences. J'avais honte, moi aussi. A cause de toi, me disais-je. Tout ça parce qu'il voulait toujours te faire plaisir. Peu à peu, grâce à l'Estaminet que je devais faire tourner, grâce à mes vieux habitués, je repris goût à la vie, et cet endroit, dans lequel tu es, devint le centre de mon existence...

S'ensuivit un long silence. Des larmes s'écoulaient des yeux couleur bleu de perle et ruisselaient le long des joues de la vieille Flamande. Sans un mot, aussi émue qu'elle, Laura lui prit la main, la garda bien serrée dans la sienne.

Soudain, d'une voix altérée, elle murmura :

— Demain, nous y allons ensemble, veux-tu ?

En entrant dans la première salle de l'hôpital, la peur au ventre, Laura s'arrêta.

Toutes ces femmes aux cheveux prématurément blancs, aux attitudes immobiles, au regard vide, lui renvoyaient une image inquiétante. Et ce malade que deux infirmiers soutenaient par les bras pour l'aider à monter les marches conduisant aux chambres.

Et ce vieil homme en espadrilles et chaussettes, un mouchoir étalé sur les genoux, qui coupait consciencieusement une pomme, en petits morceaux bien identiques, n'était-ce pas lui, son grand-père ?

Oui. Il était là, dans la salle commune, silencieux dans un fauteuil, c'était lui, comme sur les photos, plus âgé, tout simplement.

Les yeux du vieil homme en espadrilles se posèrent sur ceux de Laura. Il la regarda longuement, son regard se troubla, il lui sourit. Et il reprit son travail d'épluchure.

— Grand-père... Je suis Laura.

— Laura, répéta-t-il sans sourciller.

— Comment vas-tu, grand-père ? demanda-t-elle, la voix blanche.

Il releva les yeux, sourit à nouveau. Et soudain, un revirement se produisit. Agitant les bras en tous sens, il s'écria :

— Je suis fatigué !

Hélène intervint.

— Oui, au revoir, Eugène, à jeudi.

Un infirmier l'emmena. Laura le vit s'éloigner.

Qu'avait-il perçu ?

Elles rentrèrent. Une chape de silence pesait sur les femmes.

La nuit fut très agitée pour Laura. Elle se tourna, se retourna sans cesse. La rencontre, aussi fugace fût-elle, avec son grand-père l'avait plongée en plein émoi. Quelque chose d'indéfinissable la tracassait. A l'aube, une étrange conviction se fit jour en son esprit : son grand-père l'avait reconnue.

Lorsqu'elle se leva, chancelante de fatigue, les cheveux ébouriffés, les yeux cernés, la mine défaite, elle expédia son café, se prépara hâtivement et prétexta une promenade. Elle sortit, monta dans sa voiture. Hélène était très occupée.

Lorsqu'elle entra dans l'immense salle commune, elle ne le vit pas.

L'infirmier de la veille s'occupait d'un autre patient.

— Monsieur Eugène ? Il se repose... Il ne faut pas le déranger.

Laura ignora le geste d'impuissance du soignant.

Elle se dirigeait vers l'ascenseur, lorsqu'elle fut attirée par la bibliothèque, dont la porte, entrouverte, laissait deviner un mur de livres. Un souvenir vit le jour immédiatement en elle.

Ces livres !... Son amour des livres, elle le tenait de lui, Eugène, qui lisait dans le jardin, en cachette de sa femme, craignant de se faire traiter de paresseux...

Elle ouvrit la porte, entra. Il était là.

Très droit, alerte, il classait des recueils et notait des références.

— Grand-père !

Il se retourna. Un long silence les enferma tous deux dans une sphère imperceptible à autrui. Puis, il lui fit signe de s'asseoir et s'installa près d'elle. Il lui prit les mains dans les siennes. Elle se jeta dans ses bras, l'embrassa. Et le repoussa, en colère.

— Tu as toute ta tête ! Pourquoi restes-tu ici ?

— Je ne sais pas, je ne sais plus...

— Mais les médecins, et grand-mère ? Ils savent ?

Il la regarda droit dans les yeux, les siens se plissèrent avec malice.

— Tu simules ?

Laura était interdite. Il opina de la tête.

— Et personne ne s'en est aperçu ?

Il prit un air espiègle.

— Si, mon infirmier, mais je gagne aux cartes, et il paye ses dettes par son silence.

— C'est pas vrai !... Mais pourquoi simuler ?

— C'est devenu commode...

— Tu n'as plus à te punir...

Le grand-père haussa les épaules, fit une moue boudeuse, presque enfantine.

— C'est aussi par peur de reprendre la vie avec Hélène, de lui parler, de lui dire que tu l'aimes ?...

La physionomie d'Eugène se transforma.

Il se mordit les lèvres, des larmes coulèrent le long de son visage flétri. La souffrance tant étouffée s'échappait, jaillissait. Il porta sa grande main ridée devant ses yeux, comme un enfant apeuré. Il murmura :

— C'est une sacrée bonne femme, tu sais !

Alors, blottie contre lui, Laura lui conta tout, son enfance rompue à sa disparition, sa vie dans le Midi, la naissance et le mariage à venir, Hélène et ses souffrances, Hélène et son amour.

Au mariage de Laura, la petite église du village était pleine à craquer. Dans la grande salle de *L'Estaminet de l'Ange*, un trio de musiciens, quelques vieux habitués, étaient de la fête, avec ses parents et ceux de son mari. Assis près d'elle, le grand-père tenait son arrière-petite-fille, Hélène, dans ses bras. Lorsque les notes cristallines du carillon se mirent à sonner, Laura prit les longs doigts minces de son grand-père dans les siens. En face d'eux, la vieille Hélène leur sourit. Son visage était plus rond, plus détendu, nimbé de lumière.

Hélène était belle, comme un ange.

LE CARILLON

En un certain temps, une veillée réunissait des enfants d'un autre monde :

— Les enfants de la terre sont mal en point, constata l'un.

— Ça commence en dispute, ça finit en guerre, affirma l'autre.

— Une drôle de planète, la planète bleue...

— Leur atmosphère est riche en oxygène, ça doit leur tourner la tête.

— Tu as mal ?

— Oui, une ombre au cœur.

— C'est encore un enfant qui meurt.

Première partie

La maison de briques jaunes

Le présentateur se racla la gorge :

— « Tout concourt à laisser croire que le prophète, astrologue et médecin, né en 1503, Michel de Nostre-Dame, dit "Nostradamus", voyait juste… »

Et ce qui transforma le communiqué alarmiste en une effroyable menace fut une petite phrase lâchée au milieu d'un imbroglio d'interprétations et de commentaires. Une toute petite phrase :

— « Voici venir la fin du monde. »

Un silence épais s'ensuivit, ponctué par le balancier lancinant de l'horloge murale, qui mesurait, inébranlable, du son de ses tic-tac, les secondes trop pesantes. Le carillon retentit comme un glas. Silence sur l'écran, silence dans les foyers.

Ce silence infernal s'abattit sur le village, envahit la planète, et surtout la petite maison de briques jaunes. Un éclair paralysa chacun des membres de la famille, groupés autour des restes d'une tarte à la cassonade et d'un café dont l'odeur imprégnait la salle à manger. Corps figés, visages stupéfaits, traits tendus, la même expression d'angoisse.

En ce long week-end automnal étaient réunis, dans une franche convivialité, des grands-parents, leurs enfants et petits-enfants. Certains d'entre eux habitaient sur place, les autres étaient venus de Lille. C'était le soir.

Le lendemain, dimanche, était veille de Toussaint pour les plus âgés, Halloween pour les plus jeunes. Quelques enfants du village circulaient dans les trois rues en quête de bonbons. La fête païenne s'arrêtait là, à la campagne du moins.

Avant que l'écran de TV ne s'assombrisse pour laisser place au journaliste importun et perturbateur, les adultes discutaient politique, ne s'interrompant que pour se mêler de l'émission de jeu en cours, ergoter sur les animateurs et leurs invités.

Le benjamin de la famille s'était improvisé une grotte sous la table. Il s'y dérobait aux regards des grands, ses ennemis. Il y était au chaud et n'avait qu'une envie : qu'on l'oublie. Qu'on l'oublie suffisamment longtemps pour ne pas l'envoyer se coucher.

On le croyait endormi. Il était un peu de la fête, et qu'on l'ignore ajoutait à ce plaisir volé.

A la fin de l'année, on allait passer le siècle. On ressortait Nostradamus. L'homme à barbe, décrit dans ses prédictions, réapparaissait, telle « la Grande Faucheuse ». Les malheurs étaient monnaie courante. Et puisqu'il ne s'écoulait d'heure en cette fin de millénaire sans que les citoyens du globe soient informés d'une catastrophe dans le monde, on oubliait les misères et les drames des siècles précédents.

L'incroyable annonce les transit d'effroi, les frappa de stupeur. Le journaliste poursuivait sa vision d'apocalypse. D'autres mots martelaient les ondes : « ... entretiens secrets... point de non-retour, ... l'homme a sacrifié sa terre... sabordage... suicide... poursuite éperdue de l'or noir... de l'argent. »

Et le père de s'écrier :

— Ça, on le sait depuis longtemps !...

Et le fils aîné de renchérir :

— C'est un canular, comme celui d'Orson Welles qui avait annoncé sur les radios américaines l'invasion des Martiens !

Un scientifique prit le relais pour pallier l'effondrement progressif du présentateur. Il précisa qu'on – le « on » avait bon dos – prévoyait, dans les jours à venir, des vagues d'une telle ampleur que les régions proches de la mer – Belgique, Hollande, nord de la France – seraient recouvertes par les eaux.

Les habitants de ce village proche de la côte étaient les premiers concernés, et « on » ne prenait même pas la peine de les informer personnellement. Cela provoquait la colère du père. Le fils aîné éclata soudain d'un rire bruyant :

— Moi, je vous le dis, c'est une farce !

— Ce n'est pas le premier avril, et puis ce serait d'un goût... commença la mère.

— Douteux, je te l'accorde ! acheva le beau-frère.

— Croyez-moi, c'est une manip !... Vous savez, comme...

— Orson Welles, oui, tu l'as déjà dit, mais si c'est ça, ce n'est pas malin. De nombreux Américains s'étaient jetés par les fenêtres, à ce qu'il paraît !

— Peut-être, poursuivit le fils avec la désinvolture de ses dix-sept ans, mais avouez que c'est ouf !

— « Ouf » ? s'enquit le patriarche de la famille.

— Fou... génial !

— Je t'interdis ! lança le père, c'est monstrueux ce que tu dis !

— C'est peut-être une sombre farce, murmura le grand-père de sa voix basse.

Il avait connu l'une des terribles guerres du vingtième siècle.

— Plus c'est cruel, plus ça marche aujourd'hui.

— Ils ne savent plus quoi inventer pour capter notre attention.

La mère, avec douceur, s'efforçait de calmer le débat.

— Mais la veille de la Toussaint, c'est indécent.

— Nostradamus, c'est qui ? demanda une jeune cousine.

— Un prophète obscur des siècles passés, répondit l'oncle, son père.

— Ses prophéties ont été traduites dans le monde entier, tout de même, protesta la mère, qui n'y était pas insensible.

— Il a prédit l'apocalypse pour la fin de notre siècle, poursuivit l'oncle, pas mécontent de sortir sa science.

— C'est pas terrible, comme trouvaille, commenta la cousine, accro des séries TV. Les scénaristes font beaucoup mieux dans le genre. Et puis, les extraterrestres, c'est autrement plus cool.

— Très bien, il suffit de changer de chaîne... proposa le père excédé.

Il présenta la commande face à l'écran. Partout, la même info.

— Au lit, les jeunes ! Assez d'inepties pour ce soir, déclara-t-il. Demain, on demandera aux voisins ce qu'ils en pensent, ajouta-t-il, et si c'est une plaisanterie, j'écrirai, pour protester.

Partagés entre l'incrédulité et la peur, le fils aîné et sa cousine tardèrent à se coucher. Ils tinrent conseil au pied de l'escalier.

— S'il faut vivre nos quatre-vingts ans en quelques semaines, j'aime autant pas dormir, moi !

Allaient-ils quitter ce monde avant de résoudre des problèmes de cœur, de connaître cet univers qui s'éveillait juste à leur curiosité, de vivre des plaisirs et de s'enorgueillir de certains succès ? Les deux jeunes dressèrent la liste de toutes leurs envies. Elle était longue.

Entraîné par sa mère, le petit, lui, dut se résoudre à monter.

Tous songeaient à l'avenir.

Y avait-il encore un avenir ?

Le lendemain, 31 octobre, les réveils sonnèrent

comme à leur habitude. Mais ce matin-là, dans le paisible village, une rumeur inhabituelle s'amplifia.

Elle envahit jusqu'aux chambres des enfants.

L'issue prochaine de ce monde se confirmait. Pourquoi l'avoir dit, dans ce cas ? Pour activer la panique ?

— « Afin que la terre entière ait conscience de sa responsabilité et puisse réagir, s'il est encore temps », répondit le présentateur aux millions de téléspectateurs lui posant la même question muette.

Seuls les animaux domestiques, le bétail, les oiseaux ne semblaient ni perturbés, ni effrayés. C'était « étrange », pensaient les uns. « Un signe d'espoir », songeaient les autres.

Et le carillon flamand, lui, poursuivait sa course de vingt-quatre heures, imperturbable, ressassant sa joyeuse ritournelle.

Le jour était levé lorsque la mère entra dans les chambres. Les enfants dormaient toujours, confiants, peut-être. Elle referma les portes sans bruit. C'était dimanche. Et demain, jour férié. Rien ne les pressait. Ils achèveraient leurs devoirs plus tard, si toutefois l'école rouvrait ses portes.

— Je suis idiote, se dit-elle. Je ne dois pas prêter foi à ces absurdes rumeurs.

Mais était-ce une rumeur, un mensonge à l'échelle mondiale ? La télévision était-elle devenue le réceptacle des excès les plus sinistres ? Ou était-ce l'accablante réalité ?

Etait-il possible que le soleil ne brille plus, que l'on ne sente plus les giroflées et le lilas dans le jardin, l'inimitable odeur de pomme de terre dans les champs, et le petit air salé ramené par la brise marine ? La mer envahirait-elle les terres, sans état d'âme, drainant sur son passage un océan de deuil ?

Son ombre maléfique se répandrait-elle sur les êtres ? Cette eau que l'on aimait pour les baignades, l'eau fraîche dans les gorges assoiffées, l'eau des fontaines, la surface de l'onde constellée de lumière, l'eau bienfaitrice dont manquaient tant de pays. Arriverait-elle sous la forme d'un dieu vengeur ? Le monde inondé. Pas assez de temps cette fois pour la débâcle. Maisons, jardins, meubles, hommes, enfants, souvenirs, et tous ceux qu'ils faisaient encore vivre par leur mémoire, tout serait englouti. La mémoire ôtée de la terre.

« Sous la mer... » songeait-elle. Elle ne pouvait l'admettre.

Des paroles lui trottaient dans la tête, celles d'un certain monsieur Brel, chantant son « plat pays ».

Tout ce qu'elle voyait à présent revêtait le charme de la nostalgie. Tout était devenu si éphémère...

Elle s'était crue seule prêtresse à l'autel de l'angoisse. Cette fois, ses inquiétudes étaient partagées par son entourage, par les voisins, par le monde entier peut-être, mais elle n'y trouvait pas le réconfort escompté. Chacun réagissait à la nouvelle par l'indignation, la peur, le repli sur les siens, l'incrédulité encore...

Elle sentait les forces lui manquer, elle, la première à livrer bataille pour les opprimés de tous ordres et de tous sexes.

Que faire ? A quoi bon lutter contre le déchaînement d'une nature qui se venge et n'aura aucune pitié ? Ne venait-elle pas d'accomplir son premier acte de capitulation en laissant les enfants paresser ? Elle les enviait de pouvoir dormir en toute quiétude. Que faire ?

Elle éprouva le besoin de parcourir les alentours de la modeste cité à bicyclette, d'en humer les parfums de sa jeunesse, de les garder en mémoire, le plus longtemps possible.

« En mémoire », elle sourit avec amertume.

Elle prit son manteau et descendit vers l'église.

Trente ans déjà qu'elle n'avait plus prié. Le retard était lourd à combler. Dieu, lui, avait « du pain sur la planche ». On faisait la queue à l'église. Les rares prêtres des environs étaient de garde. Que d'âmes à secourir dans ce magma de réfugiés !

Elle se doutait que tout irait très vite à présent. Les autorités mondiales n'auraient pas lâché une telle bombe sans savoir.

Elle entra et, comme l'ensemble de ces fidèles de la dernière heure, elle s'agenouilla. Pour la première fois depuis son enfance, elle joignit les mains.

Elle regretta de ne pas avoir accompli ce geste plus tôt, car il lui procura, sinon la sérénité, du moins un manifeste réconfort. Elle supplia le Christ de les laisser en vie : le monde, et les siens... Les siens d'abord, c'était humain, après tout.

La petite maison de briques jaunes connut un regain d'activité. L'annonce avait engendré une panique dépassant les scenarii les plus terrifiants.

La frontière était bien trop encombrée, dans les deux sens d'ailleurs, selon que l'on croyait trouver asile en France ou en Belgique. Des imprudents prenaient le chemin de la mer, et s'y perdaient.

Certains se retranchaient dans les blockhaus de la Seconde Guerre mondiale, ou plutôt ce qu'il en restait, avec des vivres dévalisés dans les vitrines, espérant se faire un abri des tombeaux dans lesquels ils s'ensevelissaient.

Fuir et retrouver les vieilles relations de la Nièvre, ceux qui hébergèrent ces « mangeurs de beurre et de saindoux » ?

Les grands-parents n'osaient pas. Leurs descendants, ils ne les connaissaient pas, et le danger les guettait aussi, juste un peu plus tard. Fuir ?

« Inutile ! » clamaient les anciens. Partout viendrait la mort. Des arrêts imminents étaient prévus pour la fin du week-end dans la plupart des secteurs d'activité.

Puisqu'il semblait impossible de fuir, et puisque le temps était compté, autant dépenser les économies. Autant en profiter pour réaliser quelques vieux rêves.

Mais c'était difficile. La valse des grèves s'annonçait. C'était la faute du gouvernement, si ce n'était celle du Seigneur ou de Satan. Plus question de travailler dans ce climat d'insécurité et de peur. Dans les boutiques, les denrées allaient se raréfier. Dans les maisons, elles se feraient vite encombrantes.

Autour de la table, ce soir-là, on alluma les bougies. L'électricité avait été coupée trois fois de suite dans la journée.

Les cafés, comme l'église, ne désemplissaient pas. Les tenanciers hésitaient à s'en réjouir. Cela faisait des lustres qu'ils n'avaient connu une telle effervescence. On y buvait beaucoup. Trop. La bière coulait à flots. On y spéculait beaucoup sur l'avenir. On pariait sa fortune. Panique, appréhension, rumeurs...

Les « angoisseux » étaient légion.

La famille se regroupa autour du poste, comme la veille. Plus silencieuse, plus concentrée, accrochée à l'écran comme à un dieu. Dans la capitale, les églises faisaient le plein, disait-on. On y avait branché la télévision, et les fidèles s'y installaient définitivement. Personne n'osait les déloger. Les pillages commençaient.

La police avait du travail, mais les policiers, désirant profiter eux aussi de leurs derniers moments en famille, n'étaient plus à leur poste.

Les projets s'avéraient inutiles. Se déplacer en voiture, impensable. Les routes étaient bloquées par des véhicules en panne ou accidentés. Des bicyclettes surchargées fuyaient l'atmosphère étouffante et dangereuse de la grande ville. Une sœur y vivait, et l'on avait peur aussi pour elle.

Inutile de lutter contre le destin.

« Le destin ! » Le mot était lâché. Les idéaux tués. Pas d'avenir. Plus de vie.

Minuit est passé. La petite maison de briques jaunes s'est barricadée.

Le village n'offre plus qu'un alignement sombre de façades, et ressemble à un décor de film noir.

Les informations ont changé de ton. On essaie d'obtenir, en vain, le calme et la sagesse. La famille s'est agrandie. Sans doute en est-il ainsi pour les autres. Les cousins sont restés. On annonce une paralysie des villes. L'incrédulité règne encore sur une majorité d'individus. Tout est allé trop vite. Vingt-quatre heures d'angoisse, de folie.

« C'est bien la peine d'avoir rallongé la vie », disent les anciens. Dans les campagnes, le règne animal semble prendre le pas sur la civilisation. Est-ce à dire que les loups sont revenus ?

Loups-garous, croque-mitaines, loups en chacun de nous...

Dans le salon, on règle des comptes. Les cousins sont de trop. D'antiques querelles ont ressurgi. Personne n'a plus rien à perdre.

Va-t-on se servir du pistolet caché dans le tiroir du bureau ?

Les médias restent le seul bastion de communication entre les êtres paniqués, ces humains qui ont enfin compris qu'ils vont provoquer la fin du monde. Est-ce la colère des dieux qui se déchaîne enfin sur notre connerie ?

Toujours est-il que le point de non-retour est atteint.

Là-haut, deux êtres se serrent l'un contre l'autre, abrités dans la chambre du fils aîné que la cousine a rejoint.

Ils écoutent religieusement leurs stars de la chanson, manière à eux de prier leurs idoles.

Elle a peur. Il la protège. Il joue le seigneur, il a

vaincu les barbares. Elle est sa dame de cœur. Retranchés dans la tour de leur château, il va lui offrir sa première nuit d'amour. Inoubliable. Il s'y applique avec son inexpérience, et son ardeur juvénile.

Bientôt, ils connaissent leurs premiers ébats amoureux. La musique est douce. La morale est bafouée, mais les sens sont en éveil, plus que jamais. Dans le lit, ils sont couchés. Nus. Ils se découvrent, sans honte, émerveillés. Leurs bras se sont enlacés, leurs jambes se sont mêlées, leurs sexes se sont unis. Ils oublient ce cauchemar qui se précise. Peu importe l'inceste puisque l'avenir est clos, que la page va se refermer à jamais. Ils se recréent une existence. Ils hument la vie, peut-être pour la dernière fois.

Tandis qu'au-dehors les émeutes grondent, on annonce que plusieurs nations, petites mais menaçantes depuis des années, n'ayant plus rien à perdre elles non plus, ont décidé l'assaut final.

Les bombes seront lancées.

La fin est proche.

Mais dans la petite maison de briques jaunes, la vie réagit et se cambre, la vie se révolte au-dehors, au-dedans, avant que tout ne s'éteigne.

L'horloge murale, insensible, sonne trois heures du matin. Alors, résonne une voix. Elle sort de nulle part, car les ondes se sont tues.

Existe-t-elle vraiment ?

Elle sort du passé, d'un lointain passé. En un effort incroyable, en un soubresaut d'énergie, la voix sépulcrale de Michel de Nostre-Dame, dit Nostradamus, a franchi les siècles pour annoncer son erreur, pour supplier le monde futur de s'apaiser, car il a pu se tromper, car il s'est trompé bien des fois.

Et cette voix s'élève, seule dans la nuit.

Seconde partie

La nuit des étals

Six heures du matin, tout était bon à vendre.

Bientôt, la braderie fermerait ses portes, Lille reprendrait son air coutumier et respectable, les rues reviendraient aux voitures. J'étais porté par le flot humain des « bradeux » qui commençaient à refluer après la grande nuit des étals, temps des vrais chineurs. Soudain, dans les lueurs blafardes du petit matin, j'entendis le son d'un carillon. Très grave. Comme un glas.

Je me retournai et restai bouche bée, immobile, les bras ballants devant l'objet insolite s'offrant à mes yeux endormis, mobilier obsolète impossible à dénicher – en cette presque moitié du vingt et unième siècle – hors des lieux semblables à la braderie de Lille, les vieux greniers et les antiquaires.

Et tandis qu'une imperceptible angoisse montait insidieusement en moi, prenait possession de mon être, je me demandai si j'étais en train de rêver. Je me le demande encore aujourd'hui. Toujours est-il qu'elle était là, cette vieille horloge murale et carillonnante. Devant moi.

Après tout ce temps...

Je n'étais plus revenu à Lille depuis mon enfance, mais un de mes fils y achevait ses études, et il m'avait entraîné à la fameuse braderie de ce début septembre. Il me faisait donc les honneurs d'une ville que je redécouvrais jeune et joyeuse.

J'affectionnais l'atmosphère festive et flamande de la manifestation. J'étais heureux de renouer avec ces immuables rituels d'antan.

Avant notre randonnée pédestre dans la foule des bradeurs ou bradeux, badauds et charlatans, j'avais eu droit aux recommandations d'usage.

J'étais, comme lui, équipé de confortables chaussures afin d'arpenter les kilomètres d'étals improvisés, au milieu des cris, des appels facétieux des bonimenteurs, des travestis ayant endossé robe de femme et large chapeau de paille.

J'avais en poche un plan de la ville, laquelle s'était singulièrement agrandie depuis mon enfance, et nous nous étions fixé des points de ralliement.

Mais nous aimions aussi nous perdre, flâner sans but précis, à la recherche de l'article extraordinaire et inimitable. Une véritable chasse au trésor.

Fatigué par la nuit de veille, alourdi par les bières

ingurgitées par pure fanfaronnade – je ne buvais guère, mais que ne ferait-on à cinquante ans pour camoufler son âge aux yeux des étudiants et de son fils ? Et comment résister à ces fameuses moules-frites qui depuis tant de décennies contribuent au folklore de la ville ?

La braderie remonte au douzième siècle. Elle est le dernier vestige des foires médiévales, de ces époques lointaines où nos ancêtres rôtissaient – « bradaient » – en plein air, alors que bateleurs et baladins prenaient racine sur la grand-place et dans les rues adjacentes. Dernier marché aux puces des temps modernes, où les domestiques liquidaient à « vil prix » les vieilleries des bourgeois récupérées dans les combles et les remises, récoltaient le gain de leur vente, et devaient surtout plier boutique pour le réveil des maîtres.

Il fallait faire vite, il fallait brader…

Près de mille ans d'une colossale friperie, qui perdure parce qu'elle est synonyme de fraternité et de spontanéité, parce qu'elle relie les hommes d'une façon non virtuelle. Moi-même je me sentais complice avec la terre entière.

Je parcourus donc une ultime fois les rues encombrées et livrées aux piétons. Les fameuses « piscines à moules » disparaîtraient dans quelques heures, certains bradeux pliaient déjà bagage, et j'allais rentrer lorsque je l'aperçus.

Cette horloge ressemblait tant à celle de mon enfance…

Etait-ce possible ?

J'eus brutalement l'impression que mon environnement s'était modifié. J'étais toujours à la braderie, soit, mais *quelque chose* dans les vêtements, sur les comptoirs, me troublait. Les images que j'avais sous les yeux, par une espèce d'hallucination, étaient celles du tournant du siècle, du vingtième...

Je me vis marcher et quitter Lille comme sur l'un de ces rapides escaliers roulants d'aujourd'hui. J'arrivai ainsi devant la porte de notre petite maison de briques jaunes.

Nous habitions dans le plat pays, un village comme il n'en existe plus guère, si ce ne sont ces villages-musées, reconstitués, que l'on se plaît à visiter, mais auxquels il manque une âme.

Au tableau qui s'imposait à mon regard se mêlait le vertige qui m'avait saisi face à l'horloge ancienne. Non, ce n'était pas la sensation agréable de revivre d'aimables réminiscences. Les bons souvenirs eux-mêmes, aux couleurs de la nostalgie, sont parfois sources de souffrance.

Mais je devinais que ce malaise était causé par l'évocation de ma longue maladie, ce coma qui avait emprisonné la mémoire de mes premières années.

Les images surgissaient de ce lointain passé : les restes d'une tarte à la cassonade trônant sur la table, auprès de la cafetière. Au mur, la pendule, ancienne déjà. Et dont le carillon ponctuait la réunion de famille de son immuable ritournelle, cette ritournelle que je venais d'entendre à la braderie.

Le siècle s'achevait. Que dis-je le siècle, le millénaire ! Les villes vivaient à l'heure de l'Internet, l'homme était déjà sur une corde raide, et la planète en équilibre instable, alors que les campagnes essayaient vainement de survivre. Les visages aimés repassaient devant mes yeux comme dans une ancienne vidéo dont j'eusse été le réalisateur. Et pourtant je ne tenais pas de caméra, je ne pouvais les voir, réunis dans la salle à manger, car j'étais sous la table, mon domaine. Dans cet étrange film, chacun me regardait, à tour de rôle, avec chaque fois un chaleureux sourire. Puis le noir complet, celui de mon coma. Il y avait là aussi mon grand frère, et la jolie cousine, âgée de quinze ans, qui venait souvent chez nous en week-end avec ses parents. Oserais-je dire que je la trouvais fort à mon goût ? J'avais six ans, elle fut l'objet de mes premiers émois. Mais elle semblait davantage intéressée par mon grand frère. D'ailleurs, ils ne se quittaient pas, et, avec ce premier amour, naissait en moi un autre sentiment nettement plus désagréable : les affres de la jalousie. Je puis avouer aujourd'hui que je maudissais mon frère.

Plus de quarante ans ont passé entre ces images et mon pèlerinage lillois. Ma jolie cousine a pris de fortes hanches, d'après les dires de ma fille qui craint d'attraper à son tour les rondeurs matriarcales de la famille. Mon frère vit en Australie depuis vingt ans avec sa femme, et une demi-douzaine de petits anglophones.

Quant à moi, en ce jour de braderie de l'an 2043, j'approchais d'une cinquantaine que je présumais être douloureuse à tout point de vue.

Mais avais-je une seule fois vécu sans être tiraillé par une indicible angoisse ? J'avais tout essayé : psy, médecines douces, relaxation, massages, sports de combat.

On en avait déduit que ces angoisses remontaient à ma « maladie », angoisse du trépas, provoquée par le coma. Il paraît pourtant, après une telle épreuve, que l'approche de la mort vous fait vivre avec un plaisir toujours renouvelé. J'ai dû y laisser quelques plumes. On en conclut que mon désir d'oublier ces six semaines avait occulté mes premières années, aussi heureuses furent-elles.

« Mais ces semaines sont passées très vite pour moi... protestai-je alors.

— Pas pour vos proches... Au réveil, vous avez culpabilisé. »

En cette fin de folle nuit de braderie, avais-je donc rendez-vous avec mon enfance ? Me fallait-il fuir encore ? J'étais revenu. Il était temps de se réconcilier avec le passé.

Mon attention se reporta sur l'horloge ancienne, qui trônait entre d'antiques téléphones portables et des ordinateurs inutilisables. Et si c'était la nôtre ? Allons, des milliers de carillons anciens devaient répéter les mêmes refrains !

Qu'était-elle devenue, d'ailleurs ? Je m'en inquiétai pour la première fois. A ma connaissance, ni ma sœur ni mon frère n'en avait hérité, pas plus que moi, et les parents n'étaient plus là pour m'en parler. De toute façon, il n'y avait guère eu d'héritage. Nos parents n'étaient pas riches.

Ils avaient vécu simplement, sans être atteints par la frénésie générale de consommation, ce qui était déjà curieux pour leur génération. Sans doute était-ce l'effet de la campagne.

Oui, ce carillon était un appel.

Je décidai donc de me le procurer.

Mais rêvai-je trop longtemps ? Tandis que je me remémorais ma petite enfance, un badaud m'avait devancé. Un homme pressé, que je n'avais pas vu, venait de s'en emparer et de l'acheter.

Je tentai, en vain, de m'y opposer, mais il me toisa avec outrecuidance et l'emporta, victorieux.

Le vendeur était âgé. Il sourcilla. Sans doute éprouva-t-il quelque pitié à mon égard, car avec placidité, il me dit :

— Ne vous en faites pas. L'horloge me reviendra d'ici quelques semaines.

Je le regardai, étonné, sans répondre.

Il me prit familièrement par le bras, à l'écart de ses voisins, chuchota :

— Elle revient toujours.

— Pourquoi ?

— Le carillon s'arrête.

— Les acquéreurs ne le font pas réparer ?

— Si, si, il est bien réparé. Mais il s'arrête toujours...

Il fit une pause avant d'ajouter, toujours à voix basse :

— Et voyez-vous, c'est étrange, monsieur...

— Quoi donc ?

— Il s'arrête toujours à la même heure.

— Vous voulez dire au bout du même temps ?... C'est normal.

— Non, monsieur, quelle que soit l'époque de la réparation, il s'arrête toujours à trois heures du matin, à la même date, à l'automne.

Pour le coup, mon intérêt était décuplé, ma curiosité aiguisée.

— A la même date ? répétai-je, dubitatif.

— A la même date.

— Mais laquelle ?

— Le 31 octobre.

Le malaise persistait.

Etait-ce la date ? Etait-ce le ton de ce vieil homme, à la fois si convaincu et si mystérieux ? Le dialogue prenait une tournure inquiétante.

Je crus l'appréhender en flagrant délit de mensonge.

— Comment le savez-vous ? Ce peut être aussi trois heures de l'après-midi !

— Dans la journée, je l'ai près de moi, dans ma boutique. Non, il ne s'est jamais arrêté dans la journée. C'est étrange, n'est-ce pas, monsieur ?

C'était surtout farfelu.

Plus troublé pourtant que je ne voulais l'admettre, je pris congé du vieux bradeux, après qu'il m'eut remis la carte de sa boutique.

Peu à peu je reconsidérai mon jugement et, durant le trajet qui me ramenait chez moi, je finis par conclure que le vieil homme se moquait de moi. Le 31 octobre, n'était-ce pas Halloween ?

Il menait bien son affaire, le vieux coquin ! Il savait

attirer le client. Il était tout simplement l'un de ces charlatans qui peuplent la braderie depuis des siècles.

J'oubliai l'horloge. L'hiver passa.

Quelques mois plus tard, l'occasion de revenir à Lille se présenta, et je me plus à me perdre dans la vieille ville. Un nom me trottait dans la tête : « Rue de la Monnaie ».

Mes pas m'y conduisirent tout naturellement.

Et soudain, face à moi, dans la vitrine d'une antique boutique à la façade de bois et de briques : l'horloge. Les aiguilles arrêtées à trois heures.

Le bradeux ne m'avait pas menti.

Elle était revenue... à moins qu'il n'en eût plusieurs... Mon Dieu, comment n'y avais-je pas songé ?

Il possédait plusieurs copies, et s'amusait à répandre cette légende afin d'attirer le client naïf, comme moi, qui ne manquerait pas de tomber dans ses filets. Et j'étais bel et bien tombé.

Pourtant, je restai là, pantois. Face à l'objet gothique. Mon esprit avait beau me susurrer de tourner les talons, je ne bougeai pas, comme hypnotisé, attiré par un aimant. Je ne commandais plus à mon corps. Je vis mon bras se tendre vers la porte, ma main tourner la poignée. Une clochette tinta, me fit sursauter. J'étais entré.

Le vieil homme apparut aussitôt et m'accorda un sourire, que je jurerais aujourd'hui teinté d'ironie.

— Vous voyez, me dit-il en guise de bonjour, je vous l'avais prédit, elle revient toujours.

Nullement surpris de me revoir, il reprenait notre conversation comme s'il l'avait interrompue la veille.

Sans ajouter un mot, il se dirigea vers l'horloge, ouvrit la porte, prit la clé, la fit tourner en trois endroits, mais le mécanisme resta obstinément muet.

— Voyez, monsieur, elle ne marche pas. Mais j'en ai assez de payer la réparation pour les clients. Ils s'en chargeront à présent. Je suis aussi révolu qu'elle, et c'est devenu beaucoup trop cher. Les réparateurs se sont raréfiés. Et puis…

Il baissa obstinément le ton, quoique nous ne soyons que deux dans sa vieille boutique sentant le renfermé :

— Moi, je n'y comprends plus rien à ce phénomène. Personne n'a pu en démasquer le mystère.

Je m'empressai cette fois de l'acheter, et je l'obtins pour quelques euros. Je crois bien que si je l'avais désiré, il me l'eût offert gracieusement tant il semblait pressé de s'en débarrasser.

Je me retrouvai dehors, la vieille horloge m'encombrant les bras, mais heureux comme un enfant de l'autre siècle qui possédait enfin son jouet de Noël.

Et c'est ainsi que je l'emmenai chez moi, loin des Flandres.

Sans prendre le temps de l'étudier, je la portai chez un petit horloger-réparateur que j'avais repéré, rue du Faubourg-Saint-Antoine. Unique rescapé des temps anciens – voilà vingt ans que l'on ne répare plus – il vivotait au fond d'une cour, approchait sûrement les cent ans, et il n'était pas sans similitude avec mon vieux bradeur lillois.

Quelques jours plus tard, je la récupérai et m'extasiai devant la rapidité de ce vieil artisan, amoureux de son art.

Rentré dans notre appartement, je m'empressai de l'ouvrir, je me hâtai de débloquer le mécanisme, insatiable d'entendre le son du carillon.

Derrière la grande clé, un minuscule bandeau de cuir portait la mention : « L-L 1926 ».

Je me précipitai sur notre arbre généalogique. « Merci, papa, de l'avoir constitué ! »

Je remontai très vite dans l'arbre, vers cette date. Y étaient réunis les prénoms de mes arrière-grands-parents, Léonie et Lucien, avec la date de leur mariage : 1926.

Cela pouvait être une coïncidence bien sûr, mais je n'y croyais pas. Non, le doute n'était plus de mise. L'horloge était bien celle de la famille.

Une voix oubliée revenait à mes oreilles, celle de ma grand-mère, qui m'annonçait :

« Mes parents l'ont eu en cadeau de noces, mon petit. Et je l'ai donnée aux tiens, pour la même occasion. »

Mon intuition était la bonne depuis le départ. Renaissaient mes premières années, mes premiers sommeils, ponctués par ce carillon et celui de l'église du village.

Et soudain, dans notre appartement parisien contemporain, j'entendis la ritournelle.

En un instant, par quelque force surnaturelle, revint tout un nouveau pan oublié de ma petite enfance, un chapitre empreint de peurs et de maladie. L'objet réveillait des moments difficiles. J'avais six ans.

Pris de vertige, je me laissai envahir par des images si puissantes qu'elles prenaient à nouveau valeur d'hallucinations.

Pour la deuxième fois, la réunion de famille défila devant moi, mais de façon plus précise. A nouveau, les restes de la tarte, les sourires, et moi, sous la table. C'était ce fameux soir où j'avais cru en la fin du monde, où le présent s'était écroulé pour moi, où tout était devenu si angoissant que je n'avais plus eu pour seule solution que de tomber dans le coma. Dès lors, chaque fois que j'avais essayé de renouer avec ma petite enfance, je m'étais cogné à un mur. Ce mur, je savais que j'allais enfin le faire tomber. On approchait de la Toussaint, ou d'Halloween, selon les âges.

A l'époque, quelques enfants du village circulaient dans les trois rues en quête de bonbons.

La fête païenne s'arrêtait là, chez nous du moins.

A la fin de l'année, on allait passer le siècle, certains ressortaient le sempiternel Nostradamus, et l'homme à barbe décrit dans ses prédictions réapparaissait.

Les grands discutaient politique, ne s'interrompant que pour se mêler de l'émission de jeux en cours, et donner leur avis sur les animateurs ou les invités. Sous la table, oublié, je prenais un plaisir réel à les imaginer tous – ceux de la télé et les miens.

Les images pullulaient, profanaient nos intimités. J'avais besoin, sans doute, de me créer les miennes. Je me souvenais à présent de cette odeur de café répandue dans la salle.

Soudain, l'écran de la télévision s'assombrit.

Je le sus sans le voir. Un journaliste importun vint perturber le cours de l'émission pour « un communiqué de la plus haute importance », annonça-t-il, avec un air de circonstance.

Mon Dieu, cette voix ! ..

Les malheurs étaient monnaie courante. Il ne se passait pas d'heure sans que nous soyons informés d'une catastrophe dans le monde. Faisions-nous, nous autres enfants, la différence entre fiction et réalité ?

Etait-ce le visage particulièrement grave de cet homme ? Je voyais son expression comme s'il m'avait fait face. M'étais-je levé de dessous la table pour le voir, pour l'écouter ?...

Les grands semblaient frappés de stupeur.

Et j'entendis ces mots : « ... entretiens secrets... trop loin... l'homme a sacrifié sa terre... poursuite éperdue de l'argent... »

Et mon père de s'écrier :

« Ça, on le sait depuis longtemps !... »

Et mon frère de renchérir :

« C'est un canular... »

Je ne connaissais pas le mot, mais je compris qu'un homme avait déjà annoncé l'invasion des Martiens.

Imperturbable aux protestations de la famille, et à celles, sûrement, de millions de téléspectateurs, le présentateur poursuivait sa vision d'apocalypse. Puis une autre voix, celle d'un scientifique, prévoyait pour les jours à venir des vagues d'une ampleur exceptionnelle. Nous allions être recouverts par les eaux !

« Alors, avait-il conclu, tout concourt à laisser croire que Nostradamus voyait juste... »

Il y eut encore cette effroyable menace, cette petite phrase lâchée, dont les derniers mots me remplirent d'effroi :

« La fin du monde. »

S'ensuivit un silence épais, ponctué par le balancier lancinant de l'horloge familiale. Un lourd silence s'abattit sur le village. Un silence infernal envahit la planète, et surtout notre maison de briques jaunes.

Moi, j'écoutais l'horloge, avec ses tic-tac, et lorsque le carillon retentit comme un glas, je sursautai, me cognai la tête, criai, et c'est ainsi que l'on me découvrit, caché sous la table.

Ce glas, je l'avais entendu, à nouveau, en ce petit matin de fin de braderie.

Chacun des membres de la famille semblait figé, les visages stupéfaits, la même expression inhabituelle, je m'en souviens très bien, car je ne comprenais pas tout, mais restais pétrifié par le changement radical se lisant sur les traits de chacun. Je m'accrochais à ces visages comme à une bouée de secours. Aucun n'apaisa mon angoisse. Mon père était en colère, j'eus peur d'abord d'en être la cause, mais il ne faisait pas attention à moi. Mon grand frère éclata soudain d'un rire bruyant :

« C'est une farce !... Vous savez comme... »

Le reste des commentaires se perdait au tréfonds de ma mémoire.

« Assez d'inepties pour ce soir, déclara mon père. Ne t'inquiète pas, ajouta-t-il en découvrant mon visage atterré. » Il me tapota la tête. « Allez ! Ouste, au lit ! »

Le mal était fait, pour moi. Je regagnai ma chambre avec maman, furieux de ne plus être de la partie, celle des grands. Je ne dormis guère cette nuit-là, j'entendis le carillon sonner tous les quarts d'heure. Terrorisé par la nouvelle. Je songeais à l'avenir. J'avais besoin de l'avenir. J'avais bien l'intention de vieillir avant de déclarer ma flamme à la superbe cousine. Il me fallait encore du temps devant moi, si je voulais l'épouser.

Ai-je rêvé la suite pendant mes semaines de coma ? Ai-je réellement vu ces images, défilant devant mes yeux comme un vieux film usé que l'on déroule la gorge serrée ?

Le lendemain, les réveils sonnèrent comme à leur habitude. Mais ce matin-là, en notre paisible village, une rumeur inhabituelle s'amplifia.

Elle envahit jusqu'à ma chambre.

L'issue prochaine de ce monde semblait se confirmer.

Je ne pouvais m'empêcher de songer qu'on l'aurait senti, si le ciel devait nous tomber sur la tête. Et puis, mon chat ne semblait pas effrayé. Et le carillon poursuivait sa course de vingt-quatre heures, imperturbable.

Ai-je rêvé ma mère entrant dans ma chambre ?

« Sous la mer... » songeait-elle. Elle ne pouvait l'admettre. Des paroles lui trottaient dans la tête. Comment les devinai-je ? Etais-je déjà plongé dans le coma ?

En ce dernier jour d'octobre, son angoisse était partagée par son entourage, par le monde entier peut-être, par moi en tout cas, mais elle n'y recueillait pas le réconfort escompté.

Elle referma tout doucement la porte de ma chambre, prit son manteau et descendit vers l'église.

Je restai avec elle.

Je ne l'avais jamais vue à l'église. C'était très étonnant, on y faisait la queue... Les nouvelles vont si vite !

Elle entra et, comme l'ensemble des fidèles, s'agenouilla. Pour la première fois depuis son enfance, elle joignit les mains.

Tout au long de ce dimanche, notre petite maison de briques connut un regain d'activité. Un mot sortait fréquemment de la bouche des adultes : « Fuir. » Mais ils ajoutaient que la frontière était bien trop encombrée, dans les deux sens d'ailleurs, vers la France ou vers la Belgique. Fuir, et retrouver les vieilles relations de la Nièvre, celles de la guerre qui hébergèrent les « mangeurs de beurre » ? Non, mes grands-parents n'osaient pas. Leurs descendants, ils ne les connaissaient pas, et le danger les guettait aussi, juste un peu plus tard. Fuir ?

« Inutile ! » clamaient les anciens. Partout viendrait la mort. J'entendis parler de grèves imminentes, de dépenses, de boutiques pillées. De foule effrayante.

Autour de la table, on alluma des bougies. Trois fois déjà, l'électricité avait été coupée.

Panique, appréhension, rumeurs... Les « angoisseux » étaient légion, et j'en étais.

Notre famille se regroupa autour du poste. Je me réfugiais à nouveau sous la table, espérant que nul ne viendrait me déloger.

Au-dessus de moi régnait le chaos. « Sans argent, disaient-ils, il ne restera que le vol. Les projets sont inutiles. » On ne pouvait plus rien acheter. Ni se déplacer. Quelques bicyclettes surchargées fuyaient l'atmosphère étouffante et dangereuse de la grande ville. Une tante y vivait, et mon père avait peur aussi pour elle.

Ai-je rêvé notre petite maison barricadée ? Ma cousine restée, avec ses parents. La paralysie des villes. Dans les campagnes, le règne animal dominant la civilisation. Etait-ce à dire que les loups étaient revenus ? Loups-garous, croque-mitaines, j'ai peur…

Dans le salon, on règle des comptes. Les cousins ont l'air de trop. On leur en veut, pourquoi ? Va-t-on se servir du pistolet caché dans le tiroir du bureau ? Je sais qu'il y est, je l'ai vu, un jour que je fouillais systématiquement les tiroirs de la maison à la recherche d'un éventuel trésor.

Je ne comprenais plus, plus rien. Etait-ce la colère de Dieu ?

Toujours est-il que, ce soir-là, je quittai ma cachette pour rejoindre mon grand frère.

Et c'est ainsi que je dus perdre connaissance.

Lorsque je revins à moi, j'appris que j'avais été très malade. Un coma de plusieurs semaines.

Et aujourd'hui, quarante ans plus tard, l'horloge. Devant moi. Chaque quart d'heure me rappelant des lambeaux oubliés de mon enfance. Restait-il encore un élément du puzzle à placer ?

Il me semblait bien…

Installée dans notre cuisine contemporaine, la pendule détonnait, c'était évident, mais elle procurait à l'ensemble un brin de fantaisie, dont je me félicitais. Nous entendions le carillon de notre chambre, et ma femme, n'éprouvant aucune nostalgie à son égard, en fut vite agacée.

Jusqu'alors, je n'avais rien exigé dans notre couple. L'aménagement de la maison, sa décoration, je les avais laissés à mon épouse. Par paresse. Peut-être aussi parce que j'estimais mes goûts trop masculins. J'aime le raffinement, la douceur des femmes.

Je lui proposai de patienter encore un peu.

— Quelques jours, soit. D'ailleurs, ton carillon ne doit-il pas s'arrêter de lui-même bientôt ?... le soir d'Halloween, si je ne me trompe ? ajouta-t-elle avec un léger sourire facétieux.

Elle ne croyait pas à mon histoire.

Nous n'en parlâmes plus et, certaines nuits d'insomnie, je voyais son beau visage de femme reposé sur l'oreiller, un léger souffle ponctuant son sommeil.

Le son du carillon la berçait.

Je souriais parfois en écoutant sa ritournelle.

J'avais alors une pensée pour mes parents. Ils étaient là, près de moi. Je les savais proches en ces instants d'intimité.

Tout se passa bien, jusqu'à la nuit d'Halloween.

J'eus brusquement la sensation qu'il se passait *quelque chose* d'anormal. C'était ça : le silence !

Le silence m'avait réveillé.

Le carillon n'avait pas fonctionné.

Je descendis dans la cuisine. Les aiguilles venaient de s'arrêter, exactement à trois heures du matin.

Les paroles du vieux bradeux me revinrent à l'esprit :

« Trois heures du matin, toujours à la même époque, le 31 octobre. »

De la sueur coula le long de mes reins, tandis que j'entendais une voix surgissant des entrailles de la terre, et que le dernier pan de mémoire oublié explosait dans ma conscience.

J'ai six ans. Je quitte le dessous de table, je rampe jusqu'à la porte. Les grands ne le savent pas, mais je vais mal, très mal. Je cherche mon frère. J'ai besoin de lui. Je monte les marches. J'arrive à la porte de la chambre. D'autres bruits. Mon frère, ma cousine. Je pousse doucement la porte. Je les vois. Serrés l'un contre l'autre, couchés et nus.

Ils écoutent les dernières stars de la chanson.

Leurs bras se sont enlacés, leurs jambes se sont mêlées, leurs sexes se sont unis. Ils oublient ce cauchemar qui se précise. Ils m'ont oublié. Je les hais.

L'horloge sonne trois heures du matin. Je me vois contre la porte entrebâillée de la chambre.

Alors, j'entends une voix. Existe-t-elle vraiment ?

Elle sort du passé, d'un lointain passé.

En un effort incroyable, en un soubresaut d'énergie, la voix de Michel de Nostre-Dame, dit Nostradamus, a franchi les siècles pour annoncer son erreur, pour supplier le monde futur de se calmer, car il a pu se tromper, car il s'est trompé bien des fois...

Et cette voix seule s'élève, et cette voix, personne ne doit plus l'entendre, que moi seul.

Et je hurle.

Sans doute me suis-je effondré à cet instant, l'émotion étant trop forte.

Etais-je dans le ciel, à flotter dans les airs ?... Est-ce que je vivais ma mort ? Il paraît qu'une lumière intense vous attire vers l'au-delà. Les lueurs que j'aperçus étaient plus terre à terre. Mes premières sensations furent des images scintillantes. Je crus d'abord à des constellations. C'était les boules de Noël du sapin, près de mon lit.

Six semaines de coma. Où étais-je passé durant ce temps ? Je n'en retiens aujourd'hui ni silence, ni aveuglement, mais un fourmillement d'impressions dérangeantes, comme si j'avais été entraîné dans une valse étrange et spectrale, une folle kermesse à la Bruegel dont on ne peut plus arrêter les dérèglements, ou plutôt, oui, c'est cela, *L'Enfer*, de Bosch.

Je sus plus tard que l'on m'avait découvert allongé devant la porte, le corps tendu à l'extrême, le visage d'une pâleur de mort.

Et je me réveillai comme au sortir d'un rêve, comme en ces lendemains de braderie lilloise, où les pavés propres, la ville nettoyée, les cris envolés font douter de la réalité de l'événement. Je renaissais à la vie, et l'on remit l'horloge en route...

Je me hâtai d'oublier cet épisode de mon enfance. J'oubliai jusqu'à la voix entendue.

Une seule fois, j'osai évoquer cette triste période avec ma mère, elle me raconta :

« Tu as été très malade. On a bien failli te perdre à jamais. Mais, Dieu merci, tu es revenu.

— Oui, mais pourquoi... le coma ?

— Les nerfs sans doute, on ne sait pas, tes émotions ont dû te submerger.

— Et la fin du monde ? »

Ma mère me répondit par une autre question :

« Tu te souviens ? Tu as d'autres souvenirs ?

— Non.

— Nous sommes là, mon chéri, il faut oublier tout ça. Nous avons craint... durant quelques heures...

— Quelques heures seulement ? J'ai cru...

— Ton coma, mon chéri.

— Mais ces rumeurs, je ne les ai pas inventées ?

— Les rumeurs exagèrent, amplifient la réalité, la travestissent. Les rumeurs sont dangereuses, plus nuisibles que la poussière qui se glisse partout, plus que la boue collante. Il faut s'en méfier, mon chéri. L'homme est capable du meilleur comme du pire. Mais il a bien réagi. Il faut croire en l'homme... »

J'avais connu le pire en un carnaval de cauchemars. Il ne me restait plus qu'à retrouver le meilleur.

Et il était, ce matin-là, dans le sourire de ma mère.

Elle ne dit pas un mot sur les coupables de la rumeur. Je n'osais l'interroger davantage, pas plus que mon père. Mon frère, lui, répondit par une menace :

« Ne t'avise pas de répéter aux parents ce que tu as vu dans la chambre ! »

Mais le reste ? Jeu de rôle, jeu télévisé virtuel de très mauvais goût ou farce cruelle d'Halloween, quelques jeunes ayant reproduit le canular concocté jadis par un mammouth du cinéma, un certain Orson Welles ? La jeunesse a toujours eu besoin d'exorciser le diable. Qui sait de nos jours qu'un village vécut l'apocalypse quelques heures durant ?

Et moi, le petit, qui prit tout à la lettre...

Aujourd'hui, la voix de Nostradamus s'est tue.

Le carillon aussi. Il me reste ce sourire, celui de ma mère.

Jusqu'où ai-je déliré, rêvé cette fin du monde ? Jusqu'où ai-je entremêlé les images fictives venues de films d'épouvante et les réelles menaces pesant sur la planète ? On dit que les enfants sont insouciants. Ai-je donné naissance, par mon obsession, à cette voix irréelle ?

Nous avons passé les années quarante du troisième millénaire, date que nous n'aurions jamais espéré atteindre. Je n'avais pas sept ans en l'an 2000. Aujourd'hui, on a ressorti l'homme à barbe et notre vieux fou aux multiples prédictions.

Aujourd'hui, mes enfants se sont battus pour obtenir une place. L'épée de Damoclès est toujours suspendue sur nos têtes, mais ils m'ont appris la dérision, l'humour, toutes ces armes si précieuses en nos temps d'incertitudes. Grâce à leur sagesse, j'ai appris le bonheur. Nous avons survécu aux différents conflits de religion et d'intérêts, aux attaques terroristes, à l'usure des ressources, aux dévastations naturelles ou chimiques, comme les funambules que nous sommes, pauvres et merveilleux humains.

Tous les jours, les écrans sur les murs de la ville

nous donnent des nouvelles de l'avancée climatique de Mars. Des milliers de Terriens ont déjà retenu leurs places, et, leur valise à la porte, ils vivent dans la misère, ayant offert toute leur fortune contre une place vers l'éternité. Ils survivent dans l'attente du coup de fil. Pourquoi use-t-on de ce terme ? Voici plus de trente ans que les téléphones ont disparu au profit de nos oreillettes.

Et j'imagine déjà le jour crucial où les vaisseaux entasseront les premiers à leur bord.

Un *Titanic* à l'envers.

Je crèverai avec la Terre, je suppose...

Aujourd'hui, 31 octobre de l'an 2053, face à nos écrans, des taches noires se sont détachées des poussières d'étoiles. Elles sont devenues des engins non identifiés, qui avancent inexorablement vers nous.

Encore des farces d'Halloween ? La fête païenne est plus vivace que jamais. Besoin de rites en ce passage à l'hiver, besoin de communication avec les esprits, besoin de se relâcher, de rendre la mort moins taboue.

Je m'apprête à vivre la nuit des fantômes, comme des milliards d'individus.

Nous avons tous ri d'abord devant ces ovnis, qui semblent sortis de vieilles séries de la TV américaine. De grands éclats de rire dans toute la ville. Mais nos rires se sont éteints. La farce n'est plus de mise.

J'attends impatiemment trois heures du matin. Certains feront tourner les tables pour évoquer les voix.

J'ai la mienne.

J'attends que résonne à mes oreilles la voix lointaine de Michel de Nostre-Dame annonçant qu'une fois de plus il s'est trompé.

Il est presque l'heure. Angoissé, je regarde l'aiguille. Le carillon se met à sonner. Entendrai-je la voix ? J'attends ce signe d'outre-tombe – cet ultime espoir – et je revois le sourire de ma mère et ce n'est plus la voix de Nostradamus que j'entends, mais la sienne, presque oubliée, qui me revient enfin au bout de ces longues années...

Alors si Dieu nous prête vie, si ces nouvelles menaces s'éloignent à leur tour, je sais que, dès demain, je vais faire réparer l'horloge, et que chaque veille de Toussaint, le carillon s'arrêtera inexorablement, que j'entendrai peut-être comme le souffle d'une voix venue des temps, et comme un cadeau, celle de ma mère, chaque année, inlassablement, que je vivrai, solitaire, chaque année, cet instant insolite que je ne raterai pour rien au monde, et que l'instant d'après, à chaque fois, je me demanderai si je ne perds pas la tête.

Jusqu'à ce qu'un jour mon souffle s'arrête.

LA CHAPELLE

La brique se fit chaude au soleil. Les guêpes rentrèrent de nouveau dans les maisons et dans les fermes aux multiples bâtiments.

Enveloppée d'une irrésistible douceur, la campagne semblait protéger ses secrets au creux de ses bosquets, à l'abri de ses haies vives et de ses saules argentés. Les ruisseaux délimitaient les champs de blé et les prairies verdoyantes. Des senteurs suaves exhalaient des feuillages. Juillet s'achevait avec panache. Une torpeur presque méditerranéenne s'empara mystérieusement de ce petit coin des Flandres.

Août s'annonçait chaud et silencieux.

Illusion ! Ce n'était qu'illusion !

Notre paisible village était amassé autour de son clocher et du cimetière attenant à l'église. Celle-ci était l'une de ces superbes *Hallekerkes* flamandes datant du seizième siècle, bien assise sur ses nefs, manifestement trop imposante pour une si petite communauté. D'ailleurs, les pèlerins étaient absents, ou plutôt... ailleurs. Ils se pressaient en grand nombre derrière le cimetière, à l'entrée d'un bois. Là, était érigée une chapelle de briques roses, encadrée par deux vieux tilleuls.

Ce sanctuaire avait l'aspect de ces innombrables oratoires appelés « chapelles de route », et abritant un saint ou la Vierge. La région fut de tout temps très catholique.

Chacun de ces saints guérisseurs avait sa spécialité thérapeutique : les dents pour sainte Apolline, les brûlures pour saint Laurent, la tête pour saint Gilles, l'eczéma soigné par sainte Dorothée, les bêtes protégées par saint Etton, sans oublier saint Corneille que l'on invoquait contre les convulsions. Nombre d'enfants de Flandre se virent ainsi affublés de cet épineux prénom à leur baptême.

Cette petite chapelle de route, elle, était étrange : elle n'abritait ni saint, ni madone, mais un buste de marbre aux reflets bleutés, rehaussant le tombeau d'un simple particulier. Il s'agissait, je crois, de la représentation d'un vulgaire mortel comme vous et moi, ayant vécu au dix-neuvième siècle, alors que le spiritisme ne s'appelait encore que « fluidomanie » mais influençait déjà les « grands hommes » de ce pays. Sa personnalité était telle qu'il avait exercé sur ses concitoyens une influence considérable – influence contestée après sa mort.

On avait fini par le qualifier de « sorcier », ou de « mage », selon les croyances de chacun. Toujours est-il que cet original, fâché avec l'Eglise, avait fait construire, de son vivant, la chapelle abritant son buste, à l'extrémité de ses terres, en bordure du cimetière, en guise de pied de nez aux chapelles catholiques. Il me rappelait ce vicomte voltairien qui, un siècle plus tôt, achetait du jambon le vendredi pour narguer les curés, et dont le fantôme, chuchotait-on, apparaissait le vendredi à minuit, du côté de Bergues.

Dans ces époques lointaines, mille histoires concernant notre mage, histoires saugrenues, anecdotes croustillantes, voire cruelles, alimentèrent les veillées, les soirs de grand froid, faisant ainsi la joie des enfants du village.

Trop d'histoires.

La rumeur disait qu'il se levait les soirs de brume, errait dans la campagne et, comme à l'époque de son vivant, n'aimait guère être troublé dans ses promenades, si nocturnes fussent-elles.

Un villageois imprudent s'y était aventuré. Il avait été tourmenté par le fantôme en question, si bien que nous avions pris l'habitude de nous endormir avec les poules. Personne, non, personne ne se risquait la nuit dans les environs. Tout bruit lugubre ou trace suspecte était mis sur le compte de notre petit mage de pacotille.

Une pétition avait tourné, signée par les notables réunis, sous l'appellation de « SPBM », c'est-à-dire « Société protectrice de la bonne moralité » du village, société créée bien entendu pour les besoins de la cause. Cette pétition demandait l'extradition des ossements de cet indésirable, et la démolition de sa chapelle.

Elle n'aboutit pas, personne ne se sentant autorisé, d'une part, à déterrer un pauvre diable, d'autre part à démolir une chapelle, toute profane fût-elle.

Et si diable il y avait… la peur de quelque malédiction s'abattant sur les responsables – ceci se passait au début du vingtième siècle, à l'époque où la vengeance des momies sévissait sur les savants ayant osé profaner les sépultures des pharaons –, cette peur l'emporta sur la morale et la bienséance. Et comme les plus véhéments étaient aussi les plus peureux, on avait ravalé toute prétention inconsidérée.

Pourtant, il y a quatre ans, le miracle s'était produit. Et depuis ce temps, des centaines d'êtres, à la recherche d'une meilleure vie ou d'un trépas plus serein, perturbaient la quiétude de nos ancêtres.

En ce début du mois d'août, des enfants avaient emmené l'une de leurs petites camarades, aveugle, pour « voir » – ils ne croyaient pas si bien dire – pour voir si elle aussi craignait cette statue dont les reflets bleutés évoquaient, dans leur imagination non encore bridée, un spectre aux pouvoirs maléfiques ; pour elle, qui ne pouvait voir.

Cruauté enfantine, simple curiosité, ou joie de se faire peur à soi-même, car le sortilège, il faut bien l'avouer, commençait à s'amenuiser. Ils jouèrent avec elle. Mais le soir venu, ils s'éloignèrent et l'abandonnèrent à l'orée du bois, près de la statue du mage.

Ils ne rentrèrent pas chez eux.

Cachés non loin de là, ils s'amusèrent à jouer les fantômes, les vampires, les morts vivants. La nuit, particulièrement dense et noire, les effraya. Ils s'enfuirent.

Petite parenthèse : il est heureux de constater que les

films d'horreur ne rendent pas tous nos enfants adeptes de sectes sataniques. Dieu merci ! Ce que l'on peut supporter par écran interposé n'a pas encore atteint ce que l'on peut endurer réellement, semble-t-il. Quoi qu'il en soit, ils laissèrent la petite fille seule dans la nuit.

Mais la petite, elle, vivait déjà dans la nuit. Elle n'avait pas peur. Elle savait parfaitement distinguer les cris des enfants de ceux des animaux. Elle avait l'habitude.

Elle n'était pas aveuglée par la lumière du soleil, mais ses rayons lui réchauffaient le visage et le cœur. Le vent lui caressait les joues lorsqu'il soufflait dans les arbres.

Elle percevait la légère odeur salée embaumant l'air, et provenant des lointaines vagues démontées. Elle devinait le temps et les choses. Elle n'assistait pas à l'éclosion des minuscules bourgeons au printemps, mais elle entendait bruire les rameaux. Elle humait le parfum émanant du sol qui se répandait dans l'air ambiant. Elle écoutait le chant des oiseaux et reconnaissait leur appel. Elevée dans une ferme, les animaux étaient ses amis. Non, elle n'avait pas peur.

Le silence qui suivit la fuite des jeunes écervelés la frappa davantage. Devenait-elle sourde aussi ? C'était trop ! Elle s'assit au pied de la chapelle et attendit.

Quoi ?

Une présence sans doute, un signe. Et il vint. Un oiseau de nuit lui cria qu'elle n'était point sourde. Mais elle était triste, si triste de l'indélicatesse de ses compagnons de jeu. Une larme coula sur ses joues enfantines. Son cœur ne cherchait que l'amour.

Elle saisit en un éclair la malice dont l'âme humaine pouvait être capable, à tout âge. Aveugle, victime de ces jeunes blasés à la recherche de sensations fortes.

Victime, elle ne le fut plus longtemps, car le miracle se produisit. La statue de marbre aux lueurs bleutées l'enveloppa, en cette nuit d'été, et lui ouvrit les yeux sur la vie.

Dès l'aube, un coq chanta. Un autre coq lui répondit, en écho. Au petit matin, le village résonna de mille bruits, mais à l'éveil de la vie se mêlèrent d'autres rumeurs. Des clameurs inhabituelles enflèrent.

La nouvelle de l'incroyable guérison se propagea comme une traînée de poudre. « La petite aveugle » ne fut plus que « la petite ».

On cria au prodige jusqu'au chef-lieu du canton.

Les médias, n'ayant sans doute aucun drame à se mettre sous la dent en cette période d'endormissement estival, mentionnèrent aux infos du soir cet heureux événement.

Le Diable était devenu saint, et le sortilège un miracle.

Sur le moment, il me sembla étrange que personne n'ait envisagé, encore moins exprimé, la probabilité d'un choc psychologique provoqué par la farce des garnements.

En fait, chacun y trouva son compte. Des touristes affluèrent. Des subventions immobilisées se débloquèrent… comme par miracle ! Le cimetière put être remis en état, l'église fut rénovée, la communauté en sortit grandie et auréolée de gloire. Désormais, la bonne étoile brillait sur le village. Le nombre de ses habitants s'accrut. On aime vivre là où la chance sévit. C'est humain.

Et chaque année, les pèlerins de la dernière chance conféraient à ce coin perdu un air touristique inattendu, sous l'œil curieux, puis réprobateur, des autochtones.

Chaque année, je me mis à les observer, moi aussi avec amusement, agacement, et enfin lassitude.

Mon village perdait son authenticité. Les dévotions aux saints de notre enfance étaient moins ostentatoires que ces processions d'un autre genre. Ces cortèges-là étaient profanes, et la vénération envers le mage n'était pas du goût de tout le monde.

Un siècle plus tard, il faisait à nouveau parler les plus silencieux de nos paysans. Des commerces de statuettes en plâtre grossier, voire en plastique, de médailles en faux argent à l'effigie du « saint homme » et autres amulettes à l'aspect plus ou moins douteux firent leur apparition en même temps que d'innombrables cars de touristes.

Aujourd'hui, je détournai le visage vers la ferme tranquille, à quelques centaines de mètres de là, où la petite fille continuait de grandir paisiblement au milieu des siens, d'une bienveillante bonhomie, et de leurs animaux.

Depuis quatre ans, la ferme prospérait.

Ses habitants rayonnaient de joie de vivre dans le travail et les valeurs saines. Peu leur importait le trafic commercial qui envahissait le village. Ils n'étaient pas pris dans cette folie collective. Ils avaient réussi à repousser les curieux, avec fermeté.

Le Flamand peut être grave et méfiant. C'est vrai. N'a-t-il pas dû lutter pour son indépendance, lui qui fut constamment piétiné ? Le Flamand est tenace, et sa liberté, il se la garde. Quel que soit l'envahisseur !

Leur fille n'était pas un phénomène de foire. Et ils le montrèrent. Armé d'une fourche, ce père pudique sortit de sa réserve. Il délaissa sa prudente tranquillité et se fit audacieux. Et quand un Flamand se fâche, c'est comme la mer qui déborde... Il dissuada les curieux de s'aventurer sur ses modestes terres. Les photographes sans cesse refoulés se découragèrent. Et, le temps passant, ce phénomène ne fut plus d'actualité. Ailleurs, ils trouvèrent mieux.

Ainsi, personne, ou presque, ne put assister à la transformation radicale de la famille.

La guérison miraculeuse de la petite avait entraîné une suite d'événements heureux dans ce foyer modeste, sobre et laborieux.

L'année qui suivit le miracle, le père, dont le travail était devenu quasiment impossible à la suite de problèmes de santé, récupéra toute son énergie. Regain de vitalité chez cet homme, provoqué sans nul doute – mon esprit rationnel se plaisait à le penser – par la guérison inespérée de son ange aux cheveux de blé. Il faisait plaisir à voir, ce grand *flaüte* dégingandé, un peu gauche et timide, à la grande bouche flamande, d'une sensibilité à fleur de peau, qui, dorénavant, sifflotait dans ses champs.

Déchargée de ses travaux d'appoint, la mère avait « retrouvé une nouvelle jeunesse » comme on dit aussi, et neuf mois plus tard, en août – encore –, naquit un petit frère.

Il arrivait bien à propos pour estomper les rumeurs de quelques âmes bien disposées, c'est-à-dire des commères édentées, désœuvrées et malintentionnées qui semblent sévir dans chaque communauté depuis des siècles. Elles avaient jugé un peu trop tôt la fermière inapte à donner un fils au paysan.

L'année dernière enfin, leurs récoltes doublèrent.

Quant à la petite, de grand matin, avant son départ à l'école, elle allait à l'étable avec sa mère pour la traite. Dès que ses loisirs lui en laissaient le temps, elle aidait, abattant à elle seule un travail considérable, entre ses devoirs de classe, la traque des mauvaises herbes, la recherche des œufs de poule, la nourriture qu'elle portait à son père, et la basse-cour.

Et, figurez-vous, elle n'était pas moins que première de sa classe. Sans doute afin de combler son ancien handicap.

Son esprit était prêt à accueillir des myriades de savoirs, et ses yeux, tout neufs, s'ouvraient sur le monde. Elle voulait tout connaître et reconnaître, tout voir, dans les livres et dans la nature.

Dans le village, la famille restait discrète, si bien que nul n'avait outrageusement jasé. Leur bonne fortune ne semblant être qu'un juste retour des choses, une prolongation, en quelque sorte, du miracle accompli.

Miracle ! Miracle !...

Les autres miracles attendus autour de la sépulture enchantée n'eurent pas lieu.

Quatre ans n'étant pas le bout du temps, la patience des villageois, du maire et du curé n'était pas encore ébranlée, ni leur réputation amoindrie... La foi fait des miracles.

Je savais pourtant que la petite ferme n'en avait pas encore fini avec le sortilège. Je n'aurais pu en donner la raison. Une intuition sans doute.

En ce début du mois d'août, j'attendais une nouvelle bonne fortune. Je ne pouvais m'empêcher de croire que le mage, un jour, avait préféré la compagnie de la petite à celle de ses voisins du cimetière, qu'il se trouvait bien dans la ferme, et que l'on avait tort de vénérer sa tombe.

Les miracles n'ont jamais lieu là où on les attend...

MASCARADE

C'est la joie sans égal de l'amour maternel...

Chacun de tes sourires l'allège d'une année...

et quand elles semblent tristes, il suffit d'un baiser qu'elles reçoivent ou qu'elles donnent pour que toutes leurs larmes deviennent des étoiles dans le fond de leurs yeux.

Maeterlinck

Le rivage contrastait singulièrement avec l'intérieur du pays d'où s'échappaient les rires, et le rythme obsédant d'une mascarade.

Pour qui l'eût contemplée en cet instant, la mer semblait sereine. Les mouettes, seules, lançaient leur cri strident, et troublaient le calme apparent de l'onde, avant de se poser, satisfaites, sur les flots. La mer était calme, vide. Elle ne grimaçait pas. Nulle âme ne venait communier avec cette immensité qui fait croire en Dieu.

Les villageois étaient à la fête.

Musiques stridentes, rires et facéties, cris et crécelles se mêlaient en une explosion de joie. Après l'église, la kermesse. Après le sacré, le profane. Des masques, burlesques ou sombres, s'amusaient avec leurs mirlitons à effrayer les enfants, et, gesticulant comme des diablotins, ils réussissaient à les impressionner, à tout jamais.

La jeune dentellière assistait au défilé. Elle tenait

fermement son enfant de six ans par la main, enfant qu'elle élevait seule.

Elle renouait avec ses joies enfantines.

Un homme masqué surgit près d'elle, ricana, lui souffla à la figure son haleine empestée d'alcool, avant de disparaître comme il était venu.

Remua-t-il une peur passée ? Un poids lui écrasa brusquement la poitrine, comme un obscur pressentiment, celui d'un danger imminent. Mais que pouvait-il lui arriver de dramatique aujourd'hui, sinon perdre son enfant ?

L'impression fut suffisamment désagréable pour qu'elle se penchât avec précipitation vers son petit garçon. Elle le serra dans ses bras avec une telle violence qu'il plongea des yeux bleus étonnés dans les siens. Il ne riait pas. Il semblait juger gravement les adultes. La jeune femme sentit ce regard étrangement mûr, posé sur elle. La petite tête blonde était si sérieuse.

Entendait-il un appel, ailleurs, loin du chahut des grands ?

Il observa sa mère, qui lui octroya un merveilleux sourire. Ses prunelles couleur pervenche brillaient.

« Tant mieux, se dit-il. Elle doit s'amuser. »

Elle n'en avait guère l'occasion. Entre son travail exténuant et lui, son petit homme. Elle pleurait parfois, lorsqu'il dormait, ou plutôt lorsqu'il faisait semblant de dormir. Ce n'était pas juste.

Pourquoi ce chagrin ? Il l'ignorait. Mais ce n'était pas juste. Elle n'était pas faite pour ce monde-là. C'était une erreur. Elle aimait les jolies choses, les dentelles qu'elle créait de ses mains, leur légèreté et leur finesse. Elle était comme elles. Elle possédait la grâce d'un ange.

Il lui sourit, à son tour. Elle oublia ses peines d'avant son petit homme. Elle oublia même son appréhension. Elle oublia les humiliations, les craintes, sa déchéance, les œillades haineuses ou compatissantes à son égard, lorsqu'elle marchait le ventre rond, la tête basse, évitant les bavardages et la rumeur.

Au même instant, un superbe char passa devant eux, représentant le dieu de la mer et ses sirènes. Tous applaudirent avec chaleur au travail des artistes locaux.

Leurs mains se lâchèrent.

C'est ce moment que l'enfant choisit pour prendre son envol, après un dernier regard amoureux, et triste, envers sa mère redevenue si jeune. Tellement jeune qu'elle n'était presque plus une mère.

Il devait la quitter, pour elle, pour lui donner l'occasion de rire, de bavarder avec d'autres hommes que lui. Il devait partir. Il l'avait entendu chez une marchande. « Avec ce garçon, ce bâtard, elle ne trouvera jamais un mari ! » Il était encore si petit que la vieille folle ne l'avait pas vu, lui le bâtard, posté derrière le comptoir, dans l'attente d'un bonbon, tandis que sa jeune mère s'éloignait de la boutique.

Il ne pardonnerait jamais à la vieille. Bâtard, il n'avait pas compris, mais au ton employé, il avait bien saisi l'insulte.

Avait suivi une longue, très longue, et intense réflexion dans sa petite tête bouillonnante. Pourquoi fallait-il qu'elle eût un mari ? Ne lui suffisait-il pas ? Il savait déjà que l'on ne se mariait pas avec ses enfants. Il voulait rester son homme, son seul homme, mais il voyait bien, il sentait bien surtout, que pour elle, ce n'était pas assez. Et il rêvait d'une petite sœur.

Alors il s'était risqué :

« J'aurai une petite sœur, maman ?

— Si je me marie un jour, oui, mon chéri, c'est possible... »

En dépit de toute sa souffrance, il devait donc la quitter.

Elle saurait se débrouiller sans lui.

La mer, il irait jusqu'à la mer. Elle l'impressionnait tant. Et la mer, c'était les bateaux, le large, tout ce qui l'attirait.

Il deviendrait un grand marin, comme Jean Bart, le héros de Dunkerque dont on lui avait conté l'histoire.

Un fameux et très brave corsaire, enfant du peuple comme lui, anobli par le roi Louis XIV. Il irait batailler lui aussi jusqu'au bout du monde, et il reviendrait, comme lui, auréolé de gloire.

Il reviendrait, et ferait alors la connaissance de sa petite sœur, ce ne pouvait être qu'une fille, car il resterait bien sûr le seul homme de sa mère, et il vivrait heureux avec elles deux. Le mari, il l'avait déjà oublié.

Il fut d'abord entraîné dans une farandole effrénée. Elle faillit le retenir. Mais non, il s'amusait, et c'était bien. Elle-même fut entraînée à son tour. Alors, il lâcha les mains, et s'échappa de la ronde. Il tourna les talons, et partit résolument vers les champs de blé bruissant au vent comme les mâts des voiliers. La mer n'était pas loin.

L'odeur des gaufres s'estompa, laissa la place à ce petit air salé que l'on humait dans les champs, quand le vent était du bon côté. Des blés aux dunes, il n'y avait que trois pas.

Pas de géant pour un petit, qui se mit à courir...

Dans les dunes, quelqu'un d'autre laissait son empreinte de pas. Quand l'enfant eut franchi le champ de blé, quand il eut écarté de son visage les épis dorés qui attendaient la moisson, une masse impressionnante de sable blanc se dressa devant lui.

Dernier rempart. Dernier bastion à franchir, derrière lequel la mer, imperturbable, attendait, ronronnante, secrète et fascinante, impératrice de la nature.

Loin des rires, loin de la foule, il n'était pas seul. Quelqu'un d'autre marchait à sa rencontre.

Il avait rendez-vous, mais ne le savait pas.

L'ombre de la femme en noir enveloppa les dunes, obscurcit la mer qui se plissa de mille petites rides, se cambra tel un cheval effrayé, et se mit à gronder.

L'enfant s'arrêta, impressionné.

Il écouta, et poursuivit son chemin, entêté. Il accéléra même le pas et c'est presque en courant qu'il gravit la grande dune.

Au sommet, la dame en noir l'attendait, tel un mirage.

Au village, le tumulte s'amplifiait. La fête avait atteint son paroxysme. Bonnets et chapeaux, jupons blancs, châles sombres se mêlaient en une explosion de joie.

Etourdie, enivrée de plaisir, la jeune mère riait dans la farandole. Elle riait tellement.

A ses côtés, un homme, bouleversé par ce petit bout de femme dont il venait de découvrir l'existence. Un homme décidé à ne plus lâcher cette main fine et fragile qu'il sentait dans la sienne. Un seul regard avait suffi. Nul besoin de se toiser davantage. Ils riaient avec les autres mais, serrés l'un contre l'autre, ils riaient pour eux deux.

Soudain, elle se rappela qu'elle n'était pas seule, que l'insouciance ne lui était pas permise. Elle se mit à le chercher des yeux. Ses prunelles s'assombrirent.

Elle ne riait plus.

Elle lâcha cette main rassurante d'homme qu'elle n'avait plus sentie depuis si longtemps sur elle, qui lui réchauffait le cœur et rosissait ses pommettes. Il eut beau implorer silencieusement, rien n'y fit.

Le petit garçon avait disparu. Le rêve de la dentellière se changeait en cauchemar.

Elle tenta d'abord de se raisonner. Il était entraîné dans une autre sarabande. Elle le retrouverait dans quelques minutes, et le mauvais rêve se dissiperait.

Elle croisa les yeux moqueurs et insistants des masques, qui tentaient, vulgaires et laids, de la retenir.

La gorge nouée par l'angoisse, elle s'accrochait à chacun, en donnant le prénom de son fils. Sans comprendre, sans admettre. La cacophonie ambiante couvrait sa voix.

C'était impossible ! Il devait être simplement égaré au milieu de la foule, mais la foule se trémoussait, compacte et dense, informe et indifférente, et il était encore si petit. La foule lui devint hostile et arrogante. Le flot l'oppressait, la harcelait. Elle suffoqua et maudit le peuple en délire. Les masques étaient hideux, des corps alourdis par le genièvre se mouvaient lourdement.

La joie avait viré à l'angoisse. Une angoisse qui déferlait dans son être et lui enserrait le plexus.

Elle hurla, tordit machinalement la main qui la tenait, se détacha du groupe dont le rire saccadé lui rappelait celui des crécelles, et s'échappa à son tour.

Il s'était esquivé sans qu'elle s'en aperçoive, et s'il n'était plus là, où était-il ? A la mer, peut-être. Elle avait ce pouvoir, supérieur au sien. La mer, seule, l'attirait avec une force inouïe.

Là-bas, l'enfant et la dame en noir marchaient en silence, main dans la main, en direction des vagues écumantes et houleuses.

Où était son bateau, son grand bateau ?

Il ne le voyait pas…

La jeune dentellière se détacha en titubant de la foule, de ses artifices et de cet homme qui la suppliait sans un mot, amoureux, désemparé.

Que lui arrivait-il ? Il venait de la rencontrer. Allait-il aussitôt la perdre ?

Cet homme ignorait que l'affection d'une maman est plus forte que tout. Et lui ne pouvait lutter contre cette vague déferlante.

Elle courut à son tour vers la mer, mue par son juste pressentiment. L'amour guidait ses pas. Rien, rien d'autre que l'amour pour son enfant.

Ses appels douloureux et rageurs avaient sonné l'alarme. La musique allègre de la mascarade s'était transformée en marche funèbre.

La dentellière était à présent suivie par un groupe de travestis subitement dégrisés, plus ou moins hébétés, marchant encore de façon cadencée au rythme des tambours, mais se tenant respectueusement à quelque distance en arrière.

Au sortir des champs, les dunes étaient sombres, le ciel menaçant, la mer rugissait. Elle avait perdu son calme, elle était redoutable.

L'enfant et sa compagne s'avançaient dans l'eau.

Elle l'aperçut enfin. Elle poussa un hurlement en voyant son petit garçon s'enfoncer seul, dans les flots. Elle l'appela, mais il ne l'entendait pas, le tonnerre couvrait la voix de la jeune femme.

Une vague énorme approchait, menaçait de l'engloutir.

Alors, un homme, l'autre, à la main rassurante, et qui l'avait suivie, se jeta à l'eau.

Aveuglé par la vague, assourdi par le mugissement de l'onde, les poumons brusquement envahis d'eau salée et froide, l'enfant suffoqua. Il allait être happé par les profondeurs, lorsqu'il se sentit aspiré vers le haut, par une forte main d'homme qui l'arrachait des flots, sans voir, lui non plus, la dame en noir, si près du petit, si mal à l'aise.

L'homme le posa sur le sable et, avec le plus grand respect, l'enveloppa de sa veste, le porta jusqu'à la maison de la dentellière, remit le petit dans les bras de sa mère, et s'éloigna. Son heure à lui n'était pas encore là, mais il savait dorénavant qu'elle viendrait, si l'enfant vivait. Il les aimait déjà, elle et son petit. Il avait le temps.

La dame en noir les avait suivis, elle aussi, sans un bruit, cachée dans l'ombre de leurs pas. L'enfant se souleva, la fixa de ses grands yeux encore embués, puis détourna le visage et s'emmitoufla dans la chaleur de sa mère.

Cela faisait du bien de ne pas être un homme, mais tout simplement un enfant.

La nuit est venue.

Dans la chambre, le petit a de la fièvre. Il est au lit. Le petit corps lutte contre le poison invisible et mortel qui l'envahit.

Au chevet de son fils, la jeune mère songe qu'elle ne pourra accepter l'inacceptable. Sa sensibilité refuse toute idée de soumission à la mort.

Le petit être grelottant de fièvre est sorti de ses entrailles un matin de prodiges pour entrer dans son cœur. Il est né pour le meilleur d'elle-même.

Les mains glacées, fébrile, elle surveille dans une muette terreur le moindre symptôme, elle guette le moindre indice de changement. La petite tête tant adorée semble avoir perdu son enfance.

Quelqu'un d'autre est à son chevet. Une étrangère indésirable, entrée sournoisement. On ne l'a pas entendue marcher. On ne l'a pas vue s'asseoir près de la mère. Seuls les oiseaux ont senti sa présence car ils se sont tus au-dehors. La dame en noir va l'emmener.

Une fois déjà, elle l'a laissé en vie. Elle le surveille, et le tient entre ses bras quand il crie « maman ! ».

Mais une fois de plus, elle n'exécutera pas son devoir. Elle est trop attendrie par ce petit d'homme. Atteinte par un sentiment plus fort qu'elle.

Elle sent qu'elle ne peut pas. Elle ne peut l'arracher à sa mère. Cette jeune femme a déjà trop souffert. Elle va lui laisser ce don de Dieu. La nuit, dans les dunes, elle continuera d'errer longtemps, luttant contre les forces mystérieuses.

Jamais la mer ne s'est autant déchaînée.

Dans la maison, l'enfant délire. Va-t-il s'éteindre, la rejoindre, et se dissoudre dans ses ténèbres ? Va-t-il s'arracher aux bras maternels, à cette jeune femme qui lui crie de s'accrocher à la vie ? Qui lui hurle son amour ?

La nuit s'en est allée. Le vent est tombé. La mer s'est calmée. Le petit est resté.

Sa maman le berce doucement. La fièvre est tombée. L'enfant est guéri. Ils sont bien tous les deux.

Elle jette un œil alors vers la lourde veste restée au bord du lit. Elle sourit. Un jour, elle le sait, elle ira la porter à son propriétaire, à moins que celui-ci ne revienne avant pour la rechercher.

Le petit homme va reprendre sa place auprès de sa jeune mère qui retrouve le sourire, qui ne se doute pas qu'à la fenêtre une ombre se tapit, écoute, les observe, les larmes aux yeux.

— Non, ce n'est pas ton heure, murmure-t-elle, atteinte elle aussi par la grâce de l'amour maternel.

Elle va quitter l'enfant. Elle frôle la jeune femme qui frissonne et semble avoir perçu quelque chose. Mais quoi ?

L'enfant sourit à la fenêtre. La dame en noir s'éloigne.

Au loin, la mer a effacé des traces. Elle a repris ses couleurs, elle aussi.

Plus rien, si ce n'est un rire d'enfant, ne trouble ses eaux confiantes. Plus rien, si ce n'est le cri matinal de quelques mouettes avides d'air et de soleil.

LE MOULIN DÉCHARNÉ

Il fut une époque très longue et pas si lointaine où les terres septentrionales étaient parsemées de fiers moulins, aux longues ailes tournées vers les cieux mouvementés des Flandres. Maîtres des vents, ils couronnaient les buttes, appelées « monts », qui s'égrenaient en chapelet entre mer et bas pays. Avec les beffrois et leur joyeux carillon, ils étaient nos géants bien avant que ces derniers n'apparaissent.

Jusqu'à la tourmente révolutionnaire, les nobles possédaient des terres, des châteaux, des moulins et des gens. Mais ici comme ailleurs, il était devenu inadmissible qu'une poignée d'individus soient si riches, et que les autres, en si grand nombre, soient si pauvres et tellement assujettis aux premiers.

Il était une fois… un aristocrate des Flandres.

Cet homme possédait, entre autres, deux moulins. Chacun des deux était majestueusement posté sur une colline et dominait un village. Le premier fabriquait la farine, le second était un « tordoir » : il servait à broyer la graine de lin et produisait l'huile.

Mais la Révolution passa par là, et ce que l'on croyait chimérique se réalisa. Le monde tourna à l'envers, la fortune changea de camp, le noble dut s'exiler, ses biens furent confisqués, et son meunier, libéré des droits seigneuriaux, récupéra, grâce à la vente des Biens nationaux, les deux moulins du vicomte.

Cet ancien serviteur avait pris le temps d'étudier son prince, au plus fort de sa gloire. Et comme il n'était point sot, il prospéra, devint à son tour un seigneur, un riche bourgeois, l'exploitant le plus en vue de la contrée, et les deux moulins restèrent l'orgueil des deux villages, lovés en contrebas d'un mont des Flandres.

Dès leur enfance, ses deux fils l'aidèrent, mirent les mains dans la farine, sentirent sa finesse et sa tiédeur, humèrent son odeur, et apprirent le métier de meunier.

Au moment des fêtes, ils avaient à cœur de décorer les deux moulins, et lorsqu'un incident survenait dans un des villages, l'information était aussitôt divulguée aux voisins grâce au langage des ailes de leurs moulins. Les deux frères correspondaient de loin et s'amusaient beaucoup.

On enviait la bonne humeur et la chaleur de cette famille. On la respectait aussi, et les deux garçons du meunier, Etienne et Léonard, devinrent très rapidement des modèles pour les petits villageois.

Quant au père, on le recherchait sans cesse pour ses conseils concernant les caprices du ciel, la force des vents, les risques du temps, tout ce qu'une vie d'observation lui avait appris à connaître mieux que quiconque, car au simple bruissement dans les buissons, au moindre souffle sur son visage, aux oscillations de la cage, à la vue des rouages et à la petite musique des engrenages, il percevait les directions du vent comme un véritable capitaine de navire.

Sentant sa mort approcher à grand train – cela pourrait être une fable –, le meunier du vicomte répéta un ultime conseil à ses deux fils :

« N'oubliez pas mes enfants, pour ce beau métier de meunier, il faut d'abord obéir à ses mains, à ses yeux. Il faut savoir écouter, sentir, c'est un métier d'artiste, car il fait appel à vos sens. »

Il leur fit graver leur nom à côté du sien, sur la plus belle pièce du moulin, la grande roue chargée de la transmission, appelée le « rouet ». Puis il leur donna son héritage.

Sous Napoléon, le droit d'aînesse était supprimé. Ses deux fils eurent part égale. Chacun obtint son moulin et ses terres, et demeura dorénavant dans son village.

Mais à partir de cet instant douloureux de la perte de leur père, leur soutien et maître, le monde ne vécut plus de façon paisible autour d'eux. Les deux fils commencèrent à se jalouser. Léonard se moquait du tordoir, plus bruyant que son moulin à farine, Etienne se rengorgeait de la bonne odeur de l'huile de lin.

La situation empira. Lorsque l'un semblait plus prospère que l'autre, ce dernier avait à cœur de montrer sa supériorité. Chacun s'enorgueillissait de sa « cathédrale » aux longues ailes recouvertes de voiles de couleur, qui s'élançaient vers les cieux et brassaient le vent par-dessus les champs de lin et de houblon. Une surenchère constante s'établit entre les deux villages à l'instar des deux meuniers. Une nuée d'espions se constitua à leur solde. Une fête patronale ou patriotique était mieux réussie dans un village que dans l'autre ? Les voisins, meunier en tête, rivalisaient de trouvailles.

Dans la plupart des mésententes familiales, les raisons se perdent au fil du temps. Cet état de choses aurait pu se perpétuer de fils en fils, de siècle en siècle jusqu'à nos jours. Mais vint l'instant tragique où l'amour-propre monta tellement à la tête des deux frères qu'il se teinta de bêtise et de violence.

Vexé, voire humilié par l'arrogance d'Etienne, Léonard fut pris d'une sorte de folie vengeresse.

Une nuit de tempête, il monta sur la colline de son frère.

Avec l'huile, les tordoirs brûlaient plus facilement que les moulins à farine.

« On ne pourra m'accuser », songea-t-il. Ce fut à peu près sa seule réflexion. Il mit le feu au moulin, et se sauva avant que les secours n'arrivent.

Etienne n'était pas loin. Un bon meunier ne dort que d'un œil.

Il sentit le feu avant de le voir, se leva précipitamment dans la nuit, et courut sans différer.

L'aube n'était pas levée. Face à lui, se dressait un brasier. S'il n'agissait pas, la vieille carcasse allait s'envoler en fumée. Mais le vent était trop fort. Impétueux, il alimentait la progression des flammes. Elles grimpèrent sur les poutrages et coururent le long de la « robe », l'habillage de la charpente. Les longues ailes recouvertes de toile de lin souffrirent en premier. Auréolée de feu, la cage s'embrasa entièrement.

Délivrées du frein par les flammes, battues par un souffle diabolique, les ailes rougeoyantes tournaient dans tous les sens. Les engrenages se rompirent. Des étincelles voletaient dans l'air, et des flammèches étaient projetées sur les buissons des alentours.

Le meunier tenta de bloquer les ailes, mais le géant de bois pivota brusquement. Une aile se brisa, l'atteignit en pleine figure, le projeta sur le sol en contrebas, où il glissa, les cheveux enflammés. Ces éclairs anormaux dans les cieux, ces lueurs qui empourpraient la colline, attirèrent les villageois.

Sur les visages pétrifiés se lisaient l'horreur et l'incrédulité.

Ombres et clarté menaient un combat acharné et créaient des silhouettes fantasmagoriques. En dépit de la chaleur intense, les secours s'organisèrent afin de sauver les poutres maîtresses du moulin.

Ils le découvrirent enfin. Brûlé, Etienne gisait à quelques pas de son moulin agonisant. On réussit à le traîner hors de la zone périlleuse.

Il était vivant mais, à l'image de son moulin, il avait le corps noirci, le visage brûlé.

Désormais silencieux et défiguré, il vécut sans oser se montrer, enfermé dans la douleur. Il ne sortit plus le jour. Mais il vint souvent le soir sur la colline, pleurer en silence devant son moulin dont il n'avait pu éteindre le feu, et qui avait rendu l'âme. Un moulin est un chef-d'œuvre. Il n'était pas charpentier, et l'argent manquait pour le faire réparer : il resterait ainsi, tel un pantin désarticulé, squelettique et décharné, ouvert à tous vents.

La guerre des meuniers s'arrêta, faute de combattants.

Passé l'heure de la victoire, Léonard se trouva désemparé.

Il avait remporté une ultime bataille, peu glorieuse, et, aussi désarmé que son adversaire, il se rendait compte qu'il avait perdu son meilleur ennemi, son partenaire. Il s'ennuya profondément.

L'un sans l'autre n'était plus rien. Son caractère se mina, à lui aussi. Et ses proches déplorèrent bientôt ses accès de mauvaise humeur, d'irritation sans motif apparent. Une façon à lui d'exprimer des remords qu'il n'admettait pas, et qu'il allait noyer dans la bière.

L'atmosphère devint si pesante dans le village que nombre de ses habitants le désertèrent.

Certains pensèrent à emménager dans celui du « moulin décharné », mais la carcasse de bois les rebutait. Dès que le soir tombait, le spectacle était en effet saisissant.

Les rares personnes qui s'y aventuraient étaient effrayées par ce squelette titanesque apparaissant au détour du chemin, et se découpant dans les ténèbres.

Quelques rumeurs accusèrent Léonard, mais elles se turent, faute de preuve. Les nuits de tempête, les éléments déchaînés ont si souvent détruit nos beaux moulins...

Léonard n'en fut pas plus riche. Le soupçonnant, certains délaissèrent sa farine, et le meunier s'appauvrit rapidement. Ses enfants refusèrent de reprendre le métier, qui périclita : son moulin devint, à son tour, un peu plus tard seulement, une carcasse inutile, un objet obsolète.

La vie continuait, sans fêtes ni grands éclats, sans plaisir. Les deux fils étaient murés dans leur silence, et tout aurait persisté ainsi, dans une routine morne et sans surprise, si Etienne n'était décédé prématurément, sans doute des suites de l'une de ses innombrables brûlures. Alors, au jour de sa mort, Léonard sortit de son mutisme et de son isolement, pour suivre, fou de douleur et de remords, plus malheureux que quiconque, l'être qu'il avait le plus mal aimé.

Par les soirs d'orage, les craquements du vieux moulin décharné devenaient plaintes. Cris de détresse ou de vengeance du malheureux meunier. Le bruit courait dans les veillées que son âme hantait la ruine. Le moulin ressemblait à un vieux chêne effeuillé dont les lambeaux étaient écartés comme des bras levés et menaçants. Nul n'osait pourtant le détruire. Il restait là, dévasté, tel un exemple. La légende était née.

On raconta que le meunier apparaissait la nuit devant son moulin, mené par une colère telle que les alentours en tremblaient de peur.

Camille, pourtant, osait s'y aventurer au crépuscule.

Petite-fille du meunier défiguré, elle n'était pas effrayée. Elle ne comprenait pas les craintes des grands. Sous ce visage déformé et brûlé, c'était toujours lui, son grand-père. Il était juste caché, en dessous, comme emprisonné sous un vilain masque, et il en souffrait. Après sa mort, elle allait souvent près du moulin, et lorsqu'elle en revenait, elle disait qu'elle l'avait vu, qu'elle lui avait parlé.

La nouvelle arriva aux oreilles du vieux Léonard. Intrigué, rongé de honte par l'acte qu'il avait commis et dont il ne s'était jamais vanté, il décida de la rencontrer.

— Tu n'as pas peur ? lui demanda-t-il.

— Pourquoi aurais-je peur de mon grand-père ? répondit-elle très sérieusement, ses grands yeux limpides plongés dans ceux de son grand-oncle.

— C'est son fantôme, voyons.

— Oui.

Décontenancé, Léonard hésita avant de poursuivre son interrogatoire :

— Tu le vois... vraiment ?

— Oui.

Allait-il devoir lui arracher tous les mots de la bouche ?

— Et... il te parle ?

— Oui.

— Mais enfin, que te dit-il ?...

— Il est en colère, contre toi.

— Contre moi ? Et pourquoi ?...

— C'est toi qui as mis le feu.

— Tu racontes n'importe quoi ! Ce sont tes parents qui t'ont mis ces idées-là dans la tête ?

— Non, il sait que tu ne dors plus.

— Il le sait ? demanda-t-il, le cœur oppressé.

— Oui.

— Alors, dis-moi, je t'en prie !...

Il l'attrapa par les épaules, la secoua brutalement.

— Lâche-moi !

— Que faut-il que je fasse ? Dis-le-moi !

Il tomba les deux genoux à terre devant la petite, toujours aussi sérieuse. Et pour la première fois de sa vie, il sanglota.

S'il avait levé les yeux en cet instant, il aurait vu Camille se tourner vers le moulin, sourire, hocher la tête d'un air entendu.

Elle se pencha vers lui et murmura :

— Reviens demain, je te dirai.

Il croisa son regard fripon. Cette petite fille était prodigieusement agaçante. En réalité, il retrouvait l'air malicieux, et le sourire toujours un peu énigmatique de son frère. Comme si l'âme du grand-père était passée dans celle de la petite.

Ainsi, Etienne lui parlait. Elle le voyait, au-delà des apparences. Etait-ce possible ?

Le lendemain, à la même heure, ils se retrouvèrent au pied du moulin.

— Alors ? lui demanda-t-il, impatient.

— Alors, il y a peut-être un moyen. Ton fils...

— Lequel ?

— Louis. Grand-père veut le voir.

Le meunier repartit en grommelant.

Il ne comprenait pas plus son frère dans la mort que dans la vie. Son cadet était le moins instruit de ses enfants. Et il n'était pas son préféré. Il allait l'envoyer chez les militaires. Etienne avait fait cette demande uniquement pour l'ennuyer, une ultime fois.

« Voyons, je délire », se dit-il sur le chemin du retour. « Je prête foi à toutes ces folies. Comme si mon frère mort désirait s'entretenir avec mon cadet ! Il est mort, mort et enterré ! La petite se moque de moi, comme mon frère le faisait. Et moi, je souscris aux sottises d'une enfant qui affirme discourir avec un spectre. C'est ridicule ! »

Il rentra chez lui, furieux contre lui-même, et renonça.

Il s'efforça d'oublier toute cette histoire.

Cependant, les remords, les cauchemars et les insomnies le poursuivaient inlassablement. A bout de forces et de tergiversations, il capitula. Il demanda à son fils de monter au moulin décharné, dès le crépuscule.

Ce qui se passa, nul ne le sut jamais.

Louis n'entra pas dans l'armée. Doté de la force physique de son grand-père, le meunier du vicomte, il ne craignait pas de soulever des poutrelles. Il débuta, dès le lendemain, son apprentissage chez un charpentier de moulin.

Un jour, enfin, sous le regard appliqué de Camille, qui avait grandi et qui semblait presque le guider, il commença la reconstruction. Les curieux arrivèrent, de plus en plus nombreux, s'émerveillant de le voir grimper, évoluer, avec une telle aisance.

Les réparations achevées, une grande fête eut lieu autour du superbe moulin reconstruit. Les ailes étaient fleuries pour la circonstance. Le fils cadet avait conquis les villageois par son savoir-faire. Et pour la première fois de sa vie, son père lui témoigna de l'admiration et de la reconnaissance.

Lorsque Camille reparut, un objet scintillait dans sa main.

— Mon grand-père, Etienne, est heureux. Une seule chose pouvait délivrer son âme, c'est fait.

Elle se tourna vers le vieux Léonard, si ému qu'il n'en respirait presque plus.

— Et il te donne ceci.

Elle ouvrit la main.

C'était une grande clé dorée, en laiton et fer forgé. Comment l'avait-elle obtenue ? N'avait-elle pas disparu dans l'incendie ? C'était la clé du moulin.

L'OMBRE D'UN GÉANT

C'est aujourd'hui la fête
et l'on chante trop fort
pour chasser les soucis et l'on rit un peu trop
pour défier les sorcières.
Brel chante dans ma tête
je suis ivre de vent
et je tremble ma plaine et je t'aime ma Flandre
Flandre mal aimée
et je t'aime l'étranger
qui s'y est arrêté
et je t'aime de l'aimer.

Il était un héros pour son fils. Il était son héros. Son géant. Parce qu'il était parti de rien, et que lui, « l'étranger », était devenu quelqu'un. Au village, certes, mais c'était assez. Assez pour son petit garçon, assez pour sa femme et ses amis. Il en avait conscience et en récoltait une once de fierté lorsqu'il songeait au chemin parcouru en vingt-cinq ans.

Pourtant, lorsqu'on passe la quarantaine, l'enfance a cette fichue propension à vous rattraper, à se rappeler à votre souvenir, que vous l'ayez gommée ou mythifiée.

La sienne s'était déroulée paisiblement, loin de ces Flandres françaises où il vivait. Une première vie si bien recouverte par la seconde qu'elle lui paraissait irréelle.

Pourtant, peu à peu, de mois en mois, une impression dérangeante s'était logée dans sa conscience. Elle aliénait son esprit, perturbait ses actes, entravait son bonheur, comme un élément de puzzle disparu. Le bel édifice construit autour de lui n'attendait qu'un souffle pour vaciller.

L'idée lui vint face aux immenses pantins qui évoluaient autour d'eux.

C'était un de ces grands rassemblements de géants des Flandres et de l'Europe septentrionale. On reconnaissait au passage Tis'je Tas'je, Toria et Babe Tis'je, la famille hazebrouckoise, les Reuze de Cassel, Jacqueline et Colas d'Arras, Jean le Bûcheron. Figurait même un petit dernier, celui des écoles de Steenvoorde : un écolier de cinq mètres cinquante de haut, Jean-Charles.

L'aspect jovial ou grimaçant, forts et majestueux à la fois, parfois effrayants, souverains d'osier et de carton-pâte, ils avançaient en chaloupant, et en se saluant. Sortis tout droit du monde merveilleux de l'imaginaire, ils étaient pourtant des représentants bien concrets de leurs villes et villages.

« Un jumelage », songea-t-il.

Un jumelage avec de tels ambassadeurs : des géants !

Un moyen original et convivial de se rapprocher de son pays natal sans renier sa patrie d'adoption. Comment n'y avait-il pas songé plus tôt ? Sans doute était-il enfin prêt à renouer avec son enfance, à relier ses origines à sa nouvelle nation.

Bien intégré à son village du Nord, venu de très loin, de ces régions aux confins de l'Europe, entre toundra aride et taïga forestière, naturalisé français, il s'était marié sur le tard, et son fils était encore jeune. Aujourd'hui, il n'en était pas moins le premier adjoint au maire.

Avant d'envoyer un courrier – il ne doutait pas que la réponse serait longue à venir –, il pianota à tout hasard sur son ordinateur, et surfa sur Internet.

Incroyable ! Son village perdu dans les grandes plaines stériles possédait son site web. Une seule page, certes, mais il en resta bouche bée, émerveillé, puis effrayé. Qu'allait-il trouver là-bas ? Des immeubles impersonnels, des entreprises, un McDo ?

Sa femme le rassura :

— Ce site, réduit à sa plus simple expression, te permet de les joindre rapidement, profites-en, Nicolas.

— Tu m'accompagneras si j'y vais ?

— Je ne crois pas. Ce rendez-vous t'appartient. Ce seront tes retrouvailles avec ta première vie. Avant nous. Mais j'espère bien que tu éprouveras le désir d'y retourner, avec moi.

Il n'eut aucun mal à convaincre ses collègues de la municipalité.

Son charisme était grand, et lorsqu'il avait un dessein en tête, il n'avait de cesse de le mener à bien. C'était sans doute cette force de caractère qui lui avait fait traverser des milliers de kilomètres dans sa jeunesse pour atteindre des terres qu'il jugeait plus hospitalières.

C'est ainsi qu'il reprit contact avec sa région natale, par l'intermédiaire d'Internet, d'une façon singulièrement aisée.

Il leur proposa un jumelage. Les correspondants répondirent avec enthousiasme. Une petite délégation officielle s'y rendrait, accompagnée de leur géant, et d'un petit nouveau, construit spécialement à leur intention. Elle le leur offrirait en signe de fraternité. Installé chez eux, il deviendrait le cousin slave de celui du village français.

L'idée se répandit comme une traînée de poudre. Nicolas fit organiser un concours de dessin par l'école pour la construction du nouveau géant. Il désirait faire participer la jeunesse à son projet. L'influence de Jean-Charles, le géant-écolier de Steenvoorde...

Les enfants proposèrent d'abord un « géant des glaces », ils étaient si heureux que la neige fût revenue cet hiver-là. L'aspect d'un gros igloo. Mais en classe, avec l'aide de leur maîtresse, ils réfléchirent. Ce n'était peut-être pas une bonne idée. Il faisait déjà si glacial, l'hiver, dans ces régions lointaines. La neige devait être plutôt maudite chez eux.

Elle risquait à tout moment de paralyser le pays, de faire mourir les gens de froid, et les autres de déprime. Non. Il fallait en fabriquer un autre.

On demanda alors la participation des plus grands.

Nicolas, comme la plupart des adultes, se prit au jeu et s'amusa à croquer, lui aussi, un modèle avec son fils, qui participait au concours.

Une nuit que le sommeil ne daignait pas l'emporter – il se tournait, se retournait péniblement dans son lit –, il se leva.

Il se mit à la table de travail et dessina.

C'est en cet instant précis qu'un phénomène étrange se produisit : comme sous l'effet d'un sortilège, sa main semblait guidée pas une force supérieure. Il n'était plus maître de ses doigts. Le crayon courait sur le papier, qu'il effleurait à peine. Il traçait le visage d'une jeune Slave dont le souvenir s'était effacé au cours des années. Presque une enfant.

Il tressaillit. Ses tempes battaient.

En ouvrant les paupières – avait-il dessiné les yeux fermés ? –, il s'aperçut qu'il était resté dans le noir et n'avait pas allumé par crainte de réveiller sa femme. Il lâcha son crayon, s'approcha de la fenêtre et du rayon de lune. Médusé, il découvrit son dessin, resta longtemps figé dans l'obscurité.

Stéfania.

C'était elle ! Son visage rond, ses pommettes hautes et son regard si clair. Elle lui apparut dans un éclat de rire qui jaillit en cascatelle.

Elle avait cinq ans de moins que lui à l'époque. Quinze ans. Les moindres détails lui revinrent avec une acuité presque effrayante.

Il revit le cortège des jeunes filles au corselet brodé, leur couronne de fleurs dans les cheveux, les châles colorés, les chants, la vodka, la mazurka. Son esprit s'emplit de l'odeur de sa terre natale, il entendit résonner l'âme de son pays.

Aujourd'hui, Stéfania devait avoir quarante ans. Mariée, sans aucun doute. Des enfants. Combien ? Trois, quatre ? Une ribambelle comme il était de coutume là-bas ?

Ils s'étaient aimés, jeunes. Trop jeunes. Premiers baisers. Premier amour. Premier serment. Première trahison. Mais non. Il ne lui avait rien promis.

Et l'appel du travail, de la liberté, d'autres espérances étaient plus fortes que leur amour. Il n'avait pas hésité une seconde à partir. Et l'avait laissée au pays.

Pourquoi ce malaise alors ? Parce qu'au moment du départ, en s'éloignant, un appel espéré n'était pas venu.

S'attendait-il à ce qu'elle s'accroche à lui, le supplie de l'emmener ? Peut-être, mais elle ne l'avait pas fait. Et lui n'avait pas osé se retourner, la prendre dans ses bras, lui proposer de le suivre. La timidité, l'orgueil, la crainte de l'humiliation d'un refus, ou la peur de se sentir contraint de l'entraîner dans une aventure incertaine, une vie toute en interrogation. Il ne savait plus.

Pourtant, après son installation dans le nord de la France, au fond de la mine, ou au chaud dans un estaminet, lorsqu'il songeait à une femme, c'était toujours le visage de Stéfania qu'il voyait.

Dans ces Flandres choisies, reléguant dans un placard son bandonéon, maigre bagage d'émigré, il s'obstina à s'intégrer : la langue, l'écriture, les cours du soir après un travail exténuant dans les mines.

Nicolaï devint Nicolas.

Sa ténacité porta ses fruits. Bien habillé, consciencieux, très poli, parfois maladroit et toujours très touchant, il se fit remarquer.

Un jour, un homme encore mieux habillé, très poli lui aussi, l'aborda, le questionna. Cet industriel s'intéressait à lui.

Il le sortit des mines et lui proposa un travail de jardinier dans son entreprise. Dès lors, revenu au grand air, Nicolas se passionna pour son nouveau métier. Il désirait avant tout le garder. Bientôt, il voulut davantage : devenir le premier, le meilleur dans sa profession, et mériter ainsi une parfaite intégration, mieux, une adoption.

Noyant son passé dans les ténèbres, refoulant ses souvenirs, il s'était attaché à une région dans laquelle il reconnaissait inconsciemment l'âme altière de son peuple, l'accueil simple de ceux qui ont souffert, un coin où l'on riait et où l'on pleurait à la fois, comme chez lui : un coin où la vie était pimentée de réjouissances.

Il se passionna pour les fleurs : les tulipes pour leurs corolles, et les giroflées pour leur senteur.

Il fut vite très demandé.

Peu à peu, l'image de Stéfania s'estompa, son visage, sa silhouette même s'effacèrent.

Il rencontra sa future femme, décoratrice de métier. Après leur mariage, ils s'unirent encore pour créer une petite affaire de décorateurs paysagers. Il n'avait pas son pareil pour décorer les terrasses, les bâtiments publics.

Nicolas avait fait son chemin. Elu, marié, aisé, son fils grandissant, heureux, instruit, français.

Pourtant aujourd'hui, c'était elle, Stéfania, qu'il dessinait. Aujourd'hui, sa main traçait le visage, le costume de fête de la jeune Slave. Il n'y avait plus songé depuis des années. Et en quelques coups de crayon involontaires, il venait de gommer vingt-cinq ans. Ses années d'oubli. De refus. Avec l'impression de ne l'avoir jamais ôtée de son esprit.

Elle sommeillait, c'est tout.

Dès lors, le jumelage et le voyage des géants devinrent essentiels pour lui. Ils lui donneraient l'occasion de revoir des gens aimés. Et Stéfania.

Il s'était envolé, il avait fui la misère. Le manque d'avenir. Du moins le crut-il durant tout ce temps, ou fit-il semblant d'y croire. N'avait-il pas obéi tout simplement à un irrépressible besoin d'évasion, ou à la peur viscérale de se sentir attaché pour la vie, prisonnier d'ardeurs juvéniles, d'engagements qui n'étaient pas encore des choix ? Que voulait-il découvrir au bout de son errance, si ce n'était lui-même ?

Il l'avait laissée. Il devait la revoir. Elle était la cause de ce malaise qui le tyrannisait depuis des mois.

Il n'en souffla mot à sa femme. Un jardin secret, pour la première fois.

Oserait-il taper à la porte de Stéfania ? Et quelle porte ? Elle avait dû quitter le domicile paternel depuis des années. Peu importait. Il devait la revoir. Savoir. Mais quoi ?... Une question tremblait encore au bord de sa conscience. Elle n'arrivait pas à prendre forme.

Il vécut une nouvelle nuit d'insomnie. Au petit matin, il put formuler les questions.

S'il s'était retourné à l'instant précis de son départ, aurait-elle couru dans ses bras pour le suivre ? Aurait-il dû se retourner, la prendre par la main, et l'emmener avec lui ? Ces regrets qui l'avaient jadis tracassé étaient-ils justifiés ?

Mais « après ». Avait-il eprouvé des regrets, après ?

Chez eux, c'était le froid, la misère. Pourquoi serait-il resté ?

Là-bas, en France, c'était la paix, les arbres, des enfants aux joues rebondies comme sur les écrans de télévision. Tant d'autres empruntaient le chemin de la liberté. Il s'était bâti une vie de ténacité, de travail, de courage.

Courage ? Pas toujours. Il en avait manqué parfois dans ses opinions, refusant d'entrer dans des querelles qui nuiraient à son « adoption ».

Courage ? Il en avait peut-être manqué vis-à-vis d'elle. Il devait savoir. Se mettre en accord avec lui-même, avec son passé. Il s'était trompé, il n'avait jamais été totalement libre : il avait une dette.

Le géant devint un personnage vigoureux et rieur, « le géant des steppes ».

Le voyage fut assez long, mais leur périple fut ponctué par d'innombrables signes de sympathie des habitants qui sortaient de chez eux et applaudissaient cet incongru cortège, par les rires des enfants aux yeux écarquillés qui se battaient pour approcher, et fuyaient ensuite en criant de peur et de plaisir.

A leur arrivée, l'accueil fut extraordinaire et dépassa toutes les espérances.

Fleuri, le village s'était préparé à leur venue dans la fébrilité, et dans les chants.

Ces festivités grandioses n'eurent pourtant pas l'effet escompté sur le principal intéressé, Nicolas. Une seule préoccupation le taraudait : retrouver Stéfania.

On lui dit d'abord qu'elle était morte. Mais il voyait

des visages se refermer, des expressions lui mentir, des têtes se baisser, des regards fuir.

Il insista.

Lorsque les langues se délièrent, il apprit qu'elle vivait dans une maisonnette de bois, au sol en terre battue, à quelques kilomètres du village.

On lui avait retiré son enfant. Elle en était devenue folle. Car il n'y a rien de pire pour une femme que de perdre son enfant.

Les battements du cœur de Nicolas s'accélérèrent. Après qu'il lui eut annoncé son départ pour le lendemain matin, elle s'était offerte à lui. Elle le lui avait demandé. La conscience de Nicolaï était nette. Elle savait à quoi s'en tenir : il ne resterait pas.

Etait-ce son enfant ?

Cette pensée était absurde. Il aurait vingt-cinq ans aujourd'hui, celui-ci était petit, il n'avait que trois ans.

Elle était peut-être folle. Peut-être pas. Mais elle se laissait mourir, allongée sur un modeste lit, dans la pénombre.

— Nicolaï, murmura-t-elle.

Stupéfait, il s'approcha. Elle l'attendait. Elle l'avait appelé, défiant le temps et la distance.

Elle demeura silencieuse, mais sa main s'avança vers la sienne, ses yeux se recouvrirent d'une eau dévastatrice. Il comprit alors les dégâts provoqués par son éloignement.

Elle le reconnaissait. Pas lui. Elle avait enlaidi, vieilli prématurément. Mais lorsqu'elle se mit à lui parler, il retrouva sa voix chantante et les intonations qui avaient charmé sa jeunesse. Elle était très malade. Il l'emmena à l'hôpital, demeura près d'elle, oublia la fête. Son état empira brutalement. Le sachant à ses côtés, elle ne luttait plus et lâchait prise. Sous le ciel irisé de l'aurore, leurs chemins, recouvrés l'espace d'une nuit, se séparèrent définitivement.

Il déposa un baiser sur ses lèvres assoiffées d'amour. Le regard de Stéfania était empreint d'une tendresse intacte, qui avait traversé les multiples orages d'une lamentable existence.

Nicolas, lui, était ravagé de honte. L'amour qu'il lui portait jadis s'était éteint depuis longtemps. Ne restait qu'une dette, une lourde dette envers elle.

Elle mourut.

Elle avait eu le temps de lui raconter son histoire.

Lorsqu'il s'était éloigné, vingt-cinq ans auparavant, les lèvres de Stéfania s'étaient ouvertes pour l'appeler, lui crier son amour, le prier de l'emmener avec lui.

Un instant d'hésitation, pour elle aussi.

Il avait tourné le dos. Après, c'était trop tard. Elle n'avait osé. Il n'avait rien promis.

Elle l'avait aimé, jour après jour, année après année, en dépit des plaines, des montagnes, des fleuves qui les séparaient. Elle l'avait guetté, soir après soir sur le seuil de la porte, à la fenêtre de sa chambre, des heures entières, les yeux rivés sur la ligne de l'horizon, dans l'attente qu'elle se déforme mystérieusement pour faire apparaître l'être tant espéré.

Le vent soufflait souvent dans la plaine, mais il ne

l'avait pas ramené. Seuls des ombres, des reflets et la solitude.

Elle était enceinte. Répudiée par les siens, elle traîna en ville, réduite à se prostituer. L'enfant, leur enfant, un petit garçon nommé Nicolaï, vint au monde, mort-né.

Lorsque le destin, ou plutôt un client de passage, la gratifia d'un autre enfant, une petite fille, voici trois ans, elle revint au village, refusant de poursuivre ce triste métier, désirant l'élever dans la dignité et parmi les siens.

Mais la famille était rancunière, le village était rancunier, et les rumeurs tenaces. Elle devint la « vieille putain ».

Elle dut vivre à l'écart. Jusqu'au jour, quelques mois auparavant, où des gens lui prirent sa fille, sous prétexte qu'elle était une mauvaise mère, indigne, et incapable de l'élever.

Le choix de Nicolas avait entraîné une cascade de malheurs pour Stéfania. Une simple hésitation, un abîme.

Une pénible histoire, bonne à alimenter les rubriques de faits divers. Digne de Zola ou de Desrousseaux, l'auteur du *P'tit Quinquin*.

La petite était dans un orphelinat.

Nicolas n'était pas un géant, encore moins un héros. Un misérable pantin, voilà ce qu'il était. Il perdait ses certitudes, le contentement de lui-même, la fierté acquise au fil des années. Héros pour son fils, lâche ici.

On se croit bon, sensible, droit. On ignore que l'on

peut représenter le contraire, ailleurs. Un tel écart existait entre sa vie rangée, heureuse, sans histoire, confortable, et le destin cruel de cette jeune fille qui, à un instant près, celui de son hésitation, aurait été sa femme aujourd'hui.

Mais alors, eût-il fait le bon choix ?

Il lui semblait à présent qu'au-delà des distances, c'était la main de Stéfania qui guidait la sienne pour dessiner ses traits. Elle l'avait appelé à l'instant précis où on lui retirait sa fille, attendant son retour pour mourir.

— Sauve-la, emmène-la avec toi, supplia-t-elle avant de se taire à jamais, s'abreuvant de son sourire, de sa présence. A toi de lui donner la vie, ta vie, celle que je ne pourrai lui offrir.

Mais il n'avait aucun droit sur cet enfant, et les frontières étaient strictement fermées sans visa.

Le village ruisselait de lumières, d'éclats de rire et de musique champêtre. La fête battait son plein.

Il avait tant désiré ce voyage, ces retrouvailles. Un rendez-vous raté, tout au moins avec son enfance heureuse.

Il déambulait, un goût amer dans la bouche, au milieu de ces gens simples qui fêtaient le jumelage. Il avait tant rêvé son village. Nicolas ne reconnaissait personne, pas plus qu'il ne retrouvait l'ivresse de ses vingt ans. Les rues, les maisons, le ciel étaient inchangés. Il ne restait des habitants de son enfance que des fantômes se profilant derrière les façades, au rythme de ses souvenirs. Les plus âgés savaient qu'il était le fils de la brave Maria, parti un jour pour faire fortune. Et ceux qui ne le reconnaissaient pas faisaient semblant. Stéfania, seule, ne l'avait pas oublié. Et l'avait attendu. Tout ce temps. Une vie.

Ses questions étaient élucidées, la réponse lui lacérait le cœur.

Les deux géants étaient immobiles. Ils trônaient sur la place, à la lueur des torches. Nicolas les regarda, se sentit si petit, si honteux, si fantoche.

Jamais il n'oserait se présenter à son fils, à sa femme, avec ce poids au cœur. Caché sous le géant, protégé des regards inquisiteurs, il pourrait, le temps d'un long voyage, y enfouir ses remords. Mais il ne reviendrait pas en héros.

Et durant la fête, tandis que le géant des Flandres se dandinait joliment avec le géant des steppes, face à d'heureux enfants qui riaient, lui, sous son géant, pleurait.

Lorsqu'il fut sur le point de quitter son village natal, il était blême. Les villageois pensèrent qu'il était triste de se séparer à nouveau de son peuple, et s'empressèrent de le réconforter, de le remercier, de lui donner rendez-vous pour l'année suivante. Le géant des steppes viendrait rendre visite à son cousin.

La déchirure était profonde pour Nicolas. Ce n'était plus une fuite vers la liberté, vers un paradis, comme jadis. Il vivrait désormais avec des remords, mais il devait retrouver les siens, et les siens aujourd'hui étaient ailleurs.

Lorsqu'il revint dans les Flandres, d'autres enfants s'exclamèrent à leur tour et fêtèrent le géant retrouvé. L'accueil, la joie des petits restaient les mêmes, quels que soient la langue, le ciel et la terre.

Quand le géant s'immobilisa au milieu des acclamations, son petit garçon ouvrit la petite porte arrière du géant, et se glissa sous la grande carcasse d'osier.

A l'abri des regards, au-dessus de la tête de son père et des barres de portage, était une planche qui occultait toute la partie haute et la tête du géant. Nicolas la retira, découvrant un abri secret.

Sur un hamac aménagé, une enfant de trois ans était endormie.

C'est ainsi que la petite Tatiana avait passé les frontières à l'insu des curieux et des douaniers.

— Le géant a un enfant, papa ? murmura son gamin qui était à peine plus âgé. Un petit géant ?

— Non, c'est une petite fille, une vraie, je te présente Tatiana.

— Tatana, répéta maladroitement le petit. On la garde, papa ?

Il n'était plus question d'effacer, de nier, d'oublier. Il lui resterait toujours le rire d'une jeune Stéfania s'égrenant comme les notes d'une mazurka de Chopin.

Pour Tatiana, il alla rechercher son bandonéon et l'introduisit dans le petit orchestre d'instruments traditionnels des Flandres qu'il avait formé. Un trait d'union entre ses deux pays.

Il sut alors qu'il avait fait le bon choix, et qu'il serait un peu plus libre. Libre dans sa tête, même s'il n'était pas un héros, ni un géant, juste une apparence, une ombre de géant.

Les enfants ont grandi,
les veillées ne sont plus,
les colporteurs ont disparu,
pourtant,
il me semble que le moindre souffle de vent pourrait faire renaître ce temps magique, cette étrange connivence...

et je me prends à rêver...

Table des matières

Pour retrouver l'auteur sur internet :
http://www.anniedegroote.com

Ce roman vous a plu.
Vous aimerez, du même auteur :

Les Filles du Houtland

*« Ce bateau qui filait au loin n'était pas l'*Etoile-des-Flandres. *Il était rapide. Il était en fer. Leur péniche était en bois. Et le bois brûle... L'*Etoile-des-Flandres *n'était plus. Mildrède non plus... »*

Dans les années 20, le destin de trois sœurs, trois filles de marinier, est menacé par une terrible vengeance.

Retranchée derrière ses remparts, Isoline la corsetière porte un trop lourd secret. Sa petite sœur, Hedie la garçonne, démêlera peu à peu, au péril de sa vie, le mystère du *Brise-Larmes* et de son étrange capitaine, comprendra les silences d'Isoline et redécouvrira les siens.

Le Moulin de la Dérobade

A l'aube du 20e siècle, un suspense « généalogique » en Flandre, autour d'un moulin disparu et de son étrange propriétaire.

Le troublant portrait d'une jeune femme du 18e siècle et une trop jolie bague poussent la jeune Valentine de Montfleury à découvrir les monts des Flandres à la recherche d'hypothétiques ancêtres.

Accompagnée d'Esmérance, une grand-mère pétillante et pleine de ressources, du séduisant Sylvain, de Jan, géant de Cassel et charpentier de moulins, Valentine lèvera le voile sur le secret du légendaire moulin de la Dérobade, secret qui bouleversa des générations.

Hasards de la vie, retrouvailles familiales et, au bout du chemin, un amour inattendu...

Les Silences du maître drapier

« Il est de ces jours qui changent le cours de l'existence... »

Lille, capitale des Flandres, 1729. En cette aube des Lumières, la majorité des habitants subsistent grâce aux différents métiers du textile.

Le séduisant Guillaume Tresnel, drapier renommé, riche négociant en soie et dentelle et Européen avant l'heure, est un homme envié et craint de ses pairs. Mais il dissimule un lourd secret : Mia, une dentellière de Valenciennes, qu'il aima passionnément jadis...

L'arrivée inopinée de Denis, un orphelin dans la misère, va bousculer sa vie. Malgré les obstacles et d'étranges incidents qui touchent son jeune protégé, Guillaume ne cessera, de Lille à Valenciennes en passant par Venise, de rechercher sa belle dentellière.

PRODUCTION JEANNINE BALLAND

Romans « Terres de France »

Jean Anglade
Un parrain de cendre
Le Jardin de Mercure
Y a pas d'bon Dieu
La Soupe à la fourchette
Un lit d'aubépine
La Maîtresse au piquet
Le Saintier
Le Grillon vert
La Fille aux orages
Un souper de neige
Les Puysatiers
Dans le secret des roseaux
La Rose et le Lilas
Sylvie Anne
Mélie de Sept-Vents
Le Secret des chênes
La Couze
Ciel d'orage sur Donzenac
La Maîtresse du corroyeur
Un horloger bien tranquille
Jean-Jacques Antier
Autant en apporte la mer
Marie-Paul Armand
La Poussière des corons
La Courée
tome I *La Courée*
tome II *Louise*
tome III *Benoît*
La Maîtresse d'école
La Cense aux alouettes
Nouvelles du Nord
L'Enfance perdue
Un bouquet de dentelle
Au bonheur du matin
Victor Bastien
Retour au Letsing
Françoise Bourdon
La Forge au Loup
La Cour aux paons
Le Bois de Lune
Annie Bruel
La Colline des contrebandiers
Le Mas des oliviers
Les Géants de pierre
Marie-Marseille
Jean du Casteloun
Michel Caffier
Le Hameau des mirabelliers
La Péniche Saint-Nicolas
Les Enfants du Flot
Jean-Pierre Chabrol
La Banquise
Alice Collignon
Un parfum de cuir
Didier Cornaille
Les Labours d'hiver
Les Terres abandonnées
La Croix de Fourche
Etrangers à la terre
L'Héritage de Ludovic Grollier
L'Alambic
Georges Coulonges
Les Terres gelées
La Fête des écoles
La Madelon de l'an 40
L'Enfant sous les étoiles
Les Flammes de la Liberté
Ma communale avait raison
Les blés deviennent paille
L'Eté du grand bonheur
Des amants de porcelaine
Le Pays des tomates plates
La Terre et le Moulin
Les Sabots de Paris
Yves Courrière
Les Aubarède
Anne Courtillé
Les Dames de Clermont
Florine
Dieu le veult
Les Messieurs de Clermont

L'Arbre des dames
Le Secret du chat-huant
Paul Couturiau
En passant par la Lorraine
Annie Degroote
La Kermesse du diable
Le Cœur en Flandre
L'Oubliée de Salperwick
Les Filles du Houtland
Le Moulin de la Dérobade
Les Silences du maître drapier
Alain Dubos
Les Seigneurs de la haute lande
La Palombe noire
La Sève et la Cendre
Le Secret du docteur Lescat
Marie-Bernadette Dupuy
L'Orpheline du bois des Loups
Elise Fischer
Trois Reines pour une couronne
Les Alliances de cristal
Laurence Fritsch
La Faïencière de Saint-Jean
Alain Gandy
Adieu capitaine
Un sombre été à Chaluzac
L'Enigme de Ravejouls
Les Frères Delgayroux
Les Corneilles de Toulonjac
L'Affaire Combes
Les Polonaises de Cransac
Le Nœud d'anguilles
Gérard Georges
La Promesse d'un jour d'été
Michel Hérubel
La Maison Gelder
La Falaise bleue
Tempête sur Ouessant
Le Démon des brumes
Denis Humbert
La Malvialle
Un si joli village
La Rouvraie
La Dent du loup
L'Arbre à poules
Les Demi-Frères
La Dernière Vague
Yves Jacob
Marie sans terre
Hervé Jaouen
Que ma terre demeure
Jean-Pierre Leclerc
Les Années de pierre
La Rouge Batelière
Louis-Jacques Liandier
Les Gens de Bois-sur-Lyre
Les Racines de l'espérance
Jean-Paul Malaval
Le Domaine de Rocheveyre
Les Vignerons de Chantegrêle
Jours de colère à Malpertuis
Quai des Chartrons
Les Compagnons de Maletaverne
Dominique Marny
A l'ombre des amandiers
La Rose des Vents
Louis Muron
Le Chant des canuts
Henry Noullet
La Falourde
La Destalounade
Bonencontre
Le Destin de Bérengère Fayol
Le Mensonge d'Adeline
L'Evadé de Salvetat
Michel Peyramaure
Un château rose en Corrèze
Les Grandes Falaises
Frédéric Pons
Les Troupeaux du diable
Les Soleils de l'Adour
Jean Siccardi
Le Bois des Malines
Les Roses rouges de décembre
Le Bâtisseur de chapelles
Le Moulin de Siagne
Jean-Michel Thibaux
La Bastide blanche
Le Secret de Magali
La Fille de la garrigue
Le Roman de Cléopâtre
La Colère du mistral
L'Homme qui habillait les mariées

La Gasparine
L'Or des collines
Jean-Max Tixier
Le Crime des Hautes Terres
La Fiancée du santonnier
Le Maître des roseaux
Brigitte Varel
Un village pourtant si tranquille
Les Yeux de Manon
Emma
L'Enfant truqué
Le Chemin de Jean
L'Enfant du Trièves
Le Déshonneur d'un père
Colette Vlérick
La Fille du goémonier
Le Brodeur de Pont-l'Abbé
La Marée du soir
Le Blé noir

Collection « Sud Lointain »

Jean-Jacques Antier
Le Rendez-vous de Marie-Galante
Marie-Galante, La Liberté ou la Mort
Erwan Bergot
Les Marches vers la gloire
Sud lointain
tome I *Le Courrier de Saïgon*
tome II *La Rivière des parfums*
tome III *Le Maître de Bao-Tan*
Rendez-vous à Vera-Cruz
Mourir au Laos
Jean Bertolino
Chaman
Paul Couturiau
Le Paravent de soie rouge
Le Paravent déchiré
Alain Dubos
Acadie, terre promise
Retour en Acadie
Hervé Jaouen
L'Adieu au Connemara
Dominique Marny
Du côté de Pondichéry
Les Nuits du Caire
Cap Malabata
Juliette Morillot
Les Orchidées rouges de Shanghai
Bernard Simonay
Les Tigres de Tasmanie
Jean-Michel Thibaux
La Fille de Panamá
Tempête sur Panamá

Romans

Alain Gandy
Quand la Légion écrivait sa légende
Hubert Huertas
Nous jouerons quand même ensemble
La Passagère de la « Struma »
Michel Peyramaure
Les Tambours sauvages
Pacifique Sud
Louisiana
Le Roman de Catherine de Médicis

Impression réalisée sur CAMERON par

BUSSIÈRE CAMEDAN IMPRIMERIES

GROUPE CPI

à Saint-Amand-Montrond (Cher)
en octobre 2003
pour les Presses de la Cité
12, avenue d'Italie
75013 Paris

N° d'édition : 7125. — N° d'impression : 035168/1.
Dépôt légal : octobre 2003.
Suite du 1er tirage

Imprimé en France